推理小説

西《にし》村《むら》京《きょう》太《た》郎《ろう》

十《と》津《つ》川《がわ》警《けい》部《ぶ》 悪《あく》女《じょ》

NON NOVEL

祥伝社

目次

カバー装幀　かとうみつひこ
カバー写真　森　英継／アフロ

だまし合い

初出＝「小説ＮＯＮ」二〇一四年二月号

1

山際卓郎《やまぎわたくろう》の心の中で、結城《ゆうき》あやという女性が、次第に、大きな存在になっていった。それは同時に、鬱陶《うっとう》しい存在になったということでもあった。

現在、山際は、三十九歳である。まだ社員は、百人に満たないものの、それでも人材派遣会社の社長を務めており、ベンチャービジネスの経営者としては、成功したほうの部類に入るだろう。

山際が、初めて結城あやに会ったのは、今から、十年あまり前のことである。その頃の山際は、自分の会社を、立ち上げてはいたものの、まだ零細《れいさい》企業で、金もなければ、コネもなかった。ただ、持っていたのは、大きな野心と、一八五センチの長身、そして、まあ、二枚目に入るだろうと思われる女好きのする顔と、せいぜい、それぐらいのものだった。

一方、結城あやのほうはといえば、当時、まだ、二十五歳だったが、銀座で小さいながらも自分の店を持ち、力のある政治家や実業家、あるいは、芸能人といった面々に、かなりのコネを、持っていた。

山際は、大学時代の友人に紹介されて、結城あやと知り合ったのだが、何とかして成功の階段を上りたくて、彼女にすがりついたといってもよかった。

だから、山際は、彼女のいうことであれば、たとえ、どんなわがままでも聞き届け、使い走りのようなことまでやった。一時は、同棲《どうせい》もした。

自分に力をつけ、会社を大きくするために、山際は、結城あやの持っているコネを最大限に利用したのである。

金を借りるにも、結城あやの名前とコネを利用した。ある時、彼女が、店の常連客の一人だった資産家で、八十歳になった老人を騙《だま》して、五千万円近い金を巻き上げたことがあった。その時、山際は、彼女の詐欺《さぎ》的な行動を手助けまでした。そうやって、彼女に尽くしていたのだ。

その後、山際は、何とか、ベンチャー経営者の端《はし》くれに名を連ねるようになり、今では、自分の仕事について、自信を持って話せるようになった。これも全《すべ》て、結城あやのお陰《かげ》だった。彼ひとりでは、とても、今の会社は持てなかったろう。

従って、彼女自身に向かっても、

「僕が、どうにかここまで来れたのも、全て、君のお陰だと思っている。君への恩は一生忘れない」

と、いっているのだが、ここに来て次第に、彼女の存在が、何とも疎《うと》ましくなってきたのである。

逆に、結城あやのほうは、何かといえば、山際に向かって、

「いったい誰のお陰で、ここまで来ることができたと思っているの」

と、いい、店に来る常連客に、山際を紹介する時、いかに自分が、山際をここまで大きくしたか、自分がいなければ、山際は、ここまで大きくなれなかったかを、自慢げに話すのである。

そんな結城あやの態度が、最近の山際には、我慢《がまん》ができなかった。

たしかに、自分がここまで来ることができたのは、あやのお陰である。それは、山際自身、いちばんよく分かっている。

しかし、男として、他人の前で、そんなことを彼女にいわれるのは、屈辱《くつじょく》以外の、何ものでもない。

他にもある。最近になって山際は、愛車をベンツからロールスロイスに乗り換《か》えた。「ザ・ヤマギワ」と名付けた会社が利益を上げるようになってから、山際は「社長」と呼ばれるようになり、そうなれば、ベンツを自分で運転して、乗り回すよりも、ロールスロイスのリアシートに座り、運転手に運転させるほうがふさわしいだろうと考えて、かなりの月

給を払って、運転手を雇《やと》うことにしたのだが、結城あやは、しばしば山際に無断で、運転手ごと、車を利用してしまうことがあるのだ。まるで、自分の車のようにである。

それが分かった時でも、山際は、何もいわず、じっと我慢していた。今、怒って結城あやとケンカをしてしまうと、彼がまだ貧しかった頃のこと、事業がうまく行かなかった時のことを、結城あやに、あちこちでいい振らされてしまう恐れがあったからである。それを、避けるために、山際は、とにかく我慢した。

山際は、最近になって、軽井沢《かるいざわ》に別荘を購入した。ところが、あやは、彼のその別荘を、自分と自分の店で使っているホステスのために勝手に使ってしまったりするのである。その時も、山際は、じっと、我慢していたが、我慢するたびに、逆に、結城あやに対する殺意が、強くなっていった。

そんな山際の我慢も、いよいよ、限界が近づいてきた。

2

だからといって、結城あやを、簡単に殺すことはできない。理由は、はっきりしている。

山際と結城あやとの付き合いは、すでに十年以上になる。しかも、多くの関係者が、山際が今、ベンチャービジネスで、それなりの成功を収めているのは、結城あやのお陰だと知っていて、それを、口にしているからである。

もし、こんな状況の中で、結城あやを殺せば、真っ先に、山際が、疑われるだろう。それは、山際自身にはよく分かっていた。

そこで、山際は、冷静に、結城あやに対する殺人計画を立てることにした。

四月五日は、彼女の誕生日である。その誕生日を利用して、結城あやを、自殺に見せかけて殺すことにした。

今から四月五日までの一ヵ月間、努めて仲良くすることにした。またそれを周囲の人間に示した。我慢の一ヵ月間だった。

そして、四月五日の結城あやの誕生日当日、山際は、あやが住む、六本木《ろっぽんぎ》の超高層マンションで、二人だけのバースデーパーティを開くように持っていった。もちろん、この日、結城あやは、銀座の店を休むことになった。

この日、山際は、二つのプレゼントを用意した。

一つは、結城あやが寅年《とらどし》の生まれなので、前もって金《きん》を二五〇〇グラム使ったトラの置物を、有名な作家に頼んで作って貰《もら》った。値段は、一千万円を超えたが、これは投資だと、山際は、思うことにした。その金のトラの置物と、彼女の好きな白ワインを持って、二人だけのバースデーパーティをするために、山際は、四月五日の夜、六本木のマンションに出かけた。

山際は、パーティを始めるに際して、あやに感謝した。

「今日、僕が、こうしてベンチャービジネスで、何とかやって行けているのも、それなりに会社を大きくできたのも、全て君のお陰だと思って、感謝しているんだ。今日まで本当にありがとう。もし、君が僕を助けてくれなかったら、おそらく、僕一人では、何もできなかっただろうと思う。君がいたからこそ、君のお陰で、力のある政治家や、実業家、あるいは、有名な芸能人に顔を売ることができた。僕の始めた、人材派遣会社が、今日まで何とか、うまく行っているのは、君のそのコネのお陰なんだ。だから、これからもよろしく頼む」

山際は、プレゼントの、黄金のトラの置物を、彼女に、手渡した。

結城あやが、好きなものの筆頭は、何といっても、貴金属である。最近は、金の価格が上がったので、やたらに金の置物を欲しがっていたことを、山際は、前から、知っていた。

そのトラの置物を見て、案《あん》の定《じよう》、結城あやは、大喜びをした。そして、いかにも、彼女らしい質問をした。

「私の干支《えと》だから、トラの置物は嬉《うれ》しいんだけど、これには、いったい、何グラムの金が使ってあるのかしら?」

「二五〇〇グラムだよ。今、金は、一グラム四千円ぐらいしているから、これ一つで一千万円ぐらいかな」

と、山際が、いった。

次に、山際は、持ち込んだ高価なワインを開けて、彼女の誕生日を、祝うことにした。

そのワインのほうも、あらかじめ手を回して、高価なフランス産の白ワインを用意しておいたのである。これも用意しておいたワイングラスで、乾杯をした。

結城あやは、満足げな表情になって、こんなことをいった。

「私も、あなたが成功したことが嬉しいの。だから、ウチの店に来る常連客には、いつも、あなたのことを、自慢しているのよ。これからもどんどん事業を拡大して、会社をもっと大きくしてちょうだい。そのためになら、私の名前をいくら利用しても、結構よ。あなたの会社が大きくなることは、私にとっても嬉しいことなんだから」

山際は、努めて、ニコニコして、

「ありがとう。たしかに、僕が今、こうしていられるのは、何もかも、君のお陰なんだ。感謝しているよ」

と、同じ言葉を繰り返した。

しかし、感謝の言葉を、口にするたびに、山際の胸の奥に、苦《にが》いものが、込み上げてくるのである。

おそらく、これから先も、この女は、自分から、離れていこうとはしないだろう。いや、離れていくどころか、今まで以上にこちらの懐《ふところ》に飛び込んできて、山際が成功することができた全てが、自分のお陰なのだと、そういい続けるだろう。

そんな人生は、そろそろ、この辺で終わりにしたいと、山際は、強く思っている。そう考えたからこそ、山際は、一生懸命、今日のこの計画を、練ったのだ。

山際は、あやが席を立った隙《すき》に、彼女のワイングラスに、用意してきた、睡眠薬を少し入れた。

気持ちの上では、今すぐでも、目の前にいるあやの首を、思いっ切り絞《し》めて、殺してやりたいのだが、衝動に駆《か》られてそんなことをすれば、自分で身を滅《ほろ》ぼしてしまう。だから、ここは少しだけ、彼女を眠くさせればいいのである。

山際はＣＤをかけ、戻ってきたあやに、向かって、

「どうだい、昔を思い出して、ちょっと踊らないか？」

と、誘《さそ》った。

身体《からだ》を動かしたほうが、睡眠薬が早く回るだろうと、考えたからである。

「あなたのほうから、踊ろうって誘ってくれるのは、久しぶりね。最近、全然踊ってくれないんだから」

あやが、いう。

「そうなんだよ。僕だって君と踊りたいんだが、最近は忙しくて、その上、身体がうまく動かなくてね」

山際は、笑って、彼女の手を取った。

音楽に合わせて、スローなテンポで踊っているうちに、結城あやは、

「ごめんなさい。何だか急に、眠くなってきてしまって」

「それじゃあ、すぐベッドに入ったほうがいい。君だって、疲れているんだ」

と、山際が、いった。

「後片付けは、僕がしておくから心配しなくていい」

山際は、彼女を、ベッドに寝かせた後、テーブルの上を、片付けていった。二人だけのパーティの痕跡を消していく。

その後、山際は、まだ残っているワインのボトルの指紋を消し、用意してきた青酸カリを溶かし込んだ。栓《せん》を閉め、ワインのボトルを、冷蔵庫の中に仕《し》舞《ま》った。

その後でもう一度、テーブルの上を見てから山際は、部屋を出た。

これで、殺人計画の準備段階は、終わったのである。あとは、あやが、勝手に死んでくれるのを待てばいい。

（これで俺は、自由になれる）

山際は小さく、息を吐いた。

3

そのまま、山際は東京駅に行き、最終の新幹線に乗って、新大阪に向かった。前もって、大阪の同業者と会う約束を、取りつけておいたからである。

今日、結城あやの誕生祝いに持っていったフランス産のワインは、一年前に買って、ワインセラーに、仕舞っておいたものである。それも、東京で買ったものではない。仕事で韓国のソウルに行った時に、向こうで、買ったワインである。

ワインには目のない結城あやのことだから、眠りから覚めた後、あるいは、明日にでも、間違いなく、飲みかけのあのワインを、冷蔵庫から取り出して、飲むだろう。

　そして、青酸中毒で死ぬのだ。

　山際自身は、東京ではなく大阪にいて、同業者と一緒に、仕事の打ち合わせをしていれば、立派なアリバイが成立するはずである。

　それに、あのワインは、山際が持っていって、彼女と二人で、飲んでいる。その残りである。その中に、まさか、青酸カリが入っているとは、あやは、夢にも、思わないだろう。

　二人だけでやった誕生祝いを、思い出しながら、結城あやは、残りのワインを飲むに違いなかった。

　その結果、あやは、間違いなく、死んでくれるだろう。

　終点の新大阪駅に着くと、山際は、同業者の久保《くぼ》田《た》肇《はじめ》に電話をかけ、駅前で、久保田に会うことにした。この大阪で同じように人材派遣会社をやっている久保田とは二年前からの知り合いで、半年前から、山際のほうから、合併の話を持ちかけていた。

　もちろん、山際にとって、久保田の会社との合併話自体が、目的ではなかった。結城あやが、六本木のマンションの自分の部屋で死ぬ時に、大阪にいるというアリバイを作っておく必要があって、別に希望もしていない久保田の会社との合併話を、ここ半年の間、進めておいたのである。

「いつもは、トンボ返りで東京に帰ってしまうけど、今回は、ゆっくりしていけるんでしょうね」

　と、久保田はいう。

「ええ、ゆっくりしますよ。今度こそ、久保田さんの会社との合併話に、けりをつけたいと思っているので、一週間の予定でこちらに来たんです。一週間ずっと徹底的に、あなたを口説《くど》きますよ。だから、今から覚悟しておいてください」

山際は、少しばかり、おどけた口調で、久保田に、いった。

「そうですか。それじゃあ、じっくりと合併話を相談しましょう。今夜は、千日前《せんにちまえ》で、飲みましょう。ホテルも、こちらで用意しておきました」

久保田は、上機嫌だった。

「この頃、大阪の景気はどうですか？　少しは上向いてきましたか？」

千日前のクラブで飲みながら、山際が、久保田に、きいた。

「そうですね。あまり大きな声ではいえませんが、関西地区で、原発の問題が起きればいいと思っているんですよ。もし、関西地区の原発で事故が起きれば、専門の人間が必要になりますからね。それを見越して、原発に詳しい人間を大金を出して、ウチの会社で、雇っているんですよ。だから、何か問題が起きてくれないと、元が、取れなくなってしまうのでね」

久保田が、笑いながら、いった。

「私のほうも、全く同じですよ。今、絶対に必要なのは、原発に詳しい人間なんです。そういう人間を、何人用意できるか、それで、これからの営業が、プラスか、マイナスかが、決まってきますからね」

「でも、こっちに比《くら》べれば、東京は、いいですよね」

「どうして？」

「だって、福島《ふくしま》の原発じゃあ、これからもずっと、そんな人間が何人も必要になるんじゃありませんか？　それをお宅の会社が用意しておいたら、それこそ、丸儲《まるもう》けじゃありませんか？　福島の原発の後始末は、どんなことがあっても国が、責任を持ってやるそうだから、そのためには、いくらでも金を払うんじゃありませんか？」

「たしかに、そうなってくれれば、嬉しいんですがね」

二人の間で、そんな話が延々と続く。

久保田と話している間にも、山際は、時々、自分の携帯電話を、取り出しては、ニュースを見ていた。もし、結城あやが、あのワインを飲んで、青酸中毒で死亡すれば、すぐに大きなニュースになって、報道されるに違いないと思っていたからである。

「さっきから盛んに、携帯を見ていらっしゃるが、何か気になることでも、あるんですか？」

久保田が、きく。

「今、福島の原発事故の、後片付けで、いろいろと大変なんですよ。そこで働ける人間がいくらいても、たぶん、足らないことになるでしょうね。だから、ウチの副社長に、ウチで用意した原発の専門家を、一人でも多く、その仕事に就《つ》けるように、話を持っていけと、こちらに来る前に、ハッパを、かけてきたんです。その結果がどうなったのか、それがちょっと、気になりましてね。それで時々、携帯で確認しているのです」

と、山際が、いった。

「福島は、これから、廃炉に持っていくわけでしょう？　そうなるには、政府も十年、いや、最短でも、二十年はかかるだろうといっています。それなら、専門家を何人雇っているかで、ウチらの業績が、どうなるかが計算できます。山際さんのところが、原発の専門家を、何人も抱えていたら、この先十年でも二十年でもずっと、おいしい仕事にありつけるということになるんじゃありませんか？」

久保田が、山際の顔色を見るように、いった。

千日前のクラブで飲んで、その後は、これも久保田が用意してくれたホテルに入った。

自分の部屋に落ち着くと、夜ふけだったが山際は会社の副社長に、電話をかけた。

すぐに、結城あやのことを聞くわけにはいかないので、

「今日は、何か、変わったことはなかったか？　例の、久保田君の会社との、合併話の件があるので、今日から一週間は、大阪にいようと思っている。だから、何かウチの会社に関係のありそうなニュースがあったら、すぐに、連絡してくれ」

と、山際は、副社長に、いった。

山際は、結城あやとの腐《くさ》れ縁《えん》が、あるので、仕事関係で接待の必要がある時には、いつも銀座にある、結城あやの店を使うことにしている。だから、店のママの結城あやが死ねば、副社長は、すぐに、知らせてくるだろう。

「今のところは、特に、変わったことは、何もありません」

と、副社長が、いう。

「もし、何かあったら、私の携帯にかけてくれ。仕事が大事だから、いつでもかけてくれていい。頼んだぞ」

山際は、くどくいって、電話を切った。

しかし、朝になっても、副社長からは、何の連絡も、来なかった。

とにかく、いつ、結城あやが、あの青酸カリを入れたワインを、飲むかは分からない。したがって、少なくとも一週間は、何とか大阪で、仕事をしていて、アリバイを作っておく必要があるのだ。

翌日、ホテルで朝食を済ませると、山際は久保田に電話をして、大阪の景気を自分の目で、確かめたいので、誰か、適当な案内人を寄越《よこ》してくれと、頼んだ。

久保田が寄越してくれたのは、木村《きむら》という三十代の、渉外課長だった。

山際は、ここ半年の間、久保田と合併話をしているので、木村渉外課長にも、何回か、会っていた。

木村は、山際に向かって、

「大阪の町を、ただ漠然《ばくぜん》と歩いていても、大阪の景気が、いいかどうかは、分かりませんよ。ですから、久保田社長にいわれました。大阪の府知事や市長、あるいは、大阪周辺の有力者を、山際さんに、紹介しろと。そういう人たちに、話を聞けば、具体的に、今、景気がいいかどうかが、よく分かると思います」

そんなところは、いかにも大阪人らしく、具体的である。

木村の乗ってきた車で、山際は、まず大阪府庁に、行った。さすがに、府知事とは、簡単には会えなくて、会ったのは、副知事である。

山際は、久保田の配慮が嬉しかった。ただ漠然と、大阪の町を歩いていても、それほどはっきりしたアリバイにはならないだろう。その点、大阪の副知事や市長などに会っていれば、それこそ、しっかりとしたアリバイになるからである。

その日、夕方からは、久保田が加わり副知事と山際の三人で、夕食を取ることにした。これは、昨日の御礼で、山際が、奢《おご》ることになった。

食事の時などには、山際は努めて、テレビのある店に行くことにした。結城あやが、あのワインを飲んで死んでいれば、テレビのニュースが、事件として取り上げるだろうと考えたからである。

夕食の後、もちろん、今晩は、北新地《きたしんち》に飲みに行った。

そこで十二時近くまで飲んでホテルに帰ったのだが、この日も、結城あやが死んだというニュースは、流れてなかった。東京の副社長からも、何の連絡も入らなかった。

山際は、少しずつ、焦燥《しょうそう》感にとらわれるようになった。

ホテルのベッドに、横になってからも、時々、テレビをつけて、ニュースを見た。

しかし、一向《いっこう》に、山際が期待しているようなニュースは、報道されない。

ホテルでの朝食の時には、新聞にも目を通しているのだが、結城あやが死亡したという記事は、出ないのである。

「まさか」

と、山際は、口に出していい、次第に、疑心暗鬼《ぎしんあんき》になってきた。

ひょっとして、結城あやは、あの後、山際が、冷蔵庫に入れておいたワインを飲もうとして取り出したが、青酸カリが混入されていることに気がついて、飲むことを止《や》めてしまったのでは、ないだろうか？

それどころか、彼女は、怪しんで、あのワインの成分を、どこかで、調べさせているのではないだろうか？

そんなことになったら、問題のワインは、山際が、四月五日の彼女の誕生日に、一緒に飲もうと、持参したものであることが分かっているのだから、ワインの中に青酸カリを混入させたのは、山際以外には、いないということになってしまう。

（そうなったら、俺は、殺人未遂で、逮捕されてしまうぞ）

山際の心の中で、不安な気持ちが、次第に大きくなっていった。

疑心暗鬼が、ますます、強くなっていく。

三日目の朝を迎えた時、山際は、寝汗をかいていた。

この日は、久保田の紹介で、大阪在住の島崎正雄《しまざきまさお》という、経営コンサルタントに会うことにした。島崎は、久保田が、日頃から何でも相談しているという経営コンサルタントである。島崎とは、大阪駅近くのビルの中にある、事務所で、話を聞くことになった。

島崎は、三十代の若手の経営コンサルタントである。

「久保田社長とも話すんですが、今後の日本経済は、大きく好転するか、逆に、今の政府の経済政策が失敗して、ものすごいインフレに、落ち込んでしまうか、極端に動くと思いますね。緩《ゆる》やかな成長などは、考えないほうがいいです」

と、島崎がいう。

「極端な動きですか?」

山際はおうむ返しにいいながら、事務所の隅《すみ》に置かれていたテレビに、時々、目をやっていた。

「そうですよ。今の政府は、何とかして二パーセントのインフレに、持っていこうとしています。しかし、失敗すれば、ものすごいインフレになってしまうか、あるいは、逆にデフレに戻ってしまうのか、おそらく、どちらかでしょうね。ヘタをすると、円がやたらに安くなって、日本という国家が、貧乏国になってしまうかもしれません」

島崎は、熱心にしゃべる。

山際は、相変わらず、ちらちらと、事務所のテレビに目をやっていた。それを、島崎は、逆に受け取ったらしく、

「テレビ、邪魔なら、消しましょうか?」

「いや、そのまま、つけておいて構いません。島崎さんの話を、お聞きしながらテレビのニュースを見ていると、うなずけることが、ありますから」

と、山際が、いった。

夕食のあとの遊びには、今回も久保田が加わって、三人で、北新地のクラブに行った。

そのクラブで、隣りに座っているホステスと話をしていた時である。

突然、東京から、山際の携帯に電話がかかってきた。

4

山際は、てっきり、会社の副社長からの電話だと思い、

「もしもし」

と、呼びかけたのだが、山際の耳に聞こえてきたのは、副社長とは、明らかに違う男の声で、

「山際さんですね？」

と、きく。

山際が、相手が分からずに黙っていると、

「山際卓郎さんですよね？」

と、相手は、念を押してから、いきなり、

「あなたは、結城あやさんを知っていますか？」

（そうか、やっぱり、あやは、あのワインを飲んで死んだのか？）

と、山際は、思いながら、

「ええ、結城あやさんなら、知っていますが」

「実は今、結城あやさんに、殺人の容疑がかかっていましてね。私は、東京の警視庁の亀井《かめい》という刑事ですが、山際さんは、今、大阪にいらっしゃるんですよね？　申し訳ありませんが、今すぐ、こちらに、戻ってきていただけませんか？」

と、相手が、いう。

「ちょっと待ってください。彼女に、殺人の容疑がかかったというのは、どういうことなんですか？」

と、山際は、きいた。

「彼女が、今夜、六本木の自宅マンションに知り合いの芸能人を、呼びましてね。ワインを勧《すす》めたんですが、そのワインの中に青酸カリが入っていて、ワインを飲んだ芸能人が亡くなってしまったんですよ。それで今、結城あやさんに、殺人の容疑が、か

かっているんです。結城あやさんに事情を聞くと、問題の青酸入りのワインは、四月五日の誕生日の時、あなたが、一緒に飲もうといって、持ってきたものだと、いっているんです。それを確認したいので、至急、東京に帰ってきてください」

　と、亀井という刑事は、いった。

5

　この時、東京行の新幹線も終わってしまっているので、山際は、タクシーで、東京に戻ることにした。

　東京に向かうタクシーの中で、少しずつ、山際にも、事情が呑《の》み込めてきた。

　どうやら、結城あやは、六本木の自宅マンションに、親しくしている芸能人を呼んで、山際が、青酸カリを入れた、あのワインを、出したのだろう。そして、彼女が飲む前に、その芸能人が先に飲んでしまったため、青酸中毒を起こして、死んでしまったに違いない。

　結城あやは、驚いて救急車を呼び、そのあとは警察がやって来た。その時に、問題のワインは、山際が、四月五日の自分の誕生日に、乾杯をしようといって、持ってきたものだと、警察に、証言したに違いない。

　こうなると、ヘタをすると、山際が、警察に殺人の疑いをかけられてしまう。

　タクシーに揺られながら、山際は必死に、東京に着いて、警察から聞かれた時の弁明をどうしようかと、考え続けた。

　東京に着いたのは、早朝である。

　山際は、そのまま、六本木の結城あやのマンションに向かった。

　マンションの前には、警察のパトカーが、何台か、停まっていた。

　三十二階の彼女の部屋には、警視庁捜査一課の刑事や鑑識が来ていた。その刑事の一人が、亀井という電話の主で、

「今まで、結城あやさんは、起きていたのですが、疲れたといって、寝室に入ってしまいました」

　と、いう。

「そうですか。先ほどの電話では、彼女が疑われていると、おっしゃっていましたが、本当ですか？」

　山際は、四十年配の亀井刑事にきいた。

「その通りです。今夜、結城あやさんは、親しくしていた五十嵐勉《いがらしつとむ》という若い芸能人を呼んで、彼にワインを、勧めたらしいんですよ。そのワインの中に青酸カリが入っていましてね。それを飲んだ五十嵐勉は、亡くなってしまいました。それで、結城あやさんに、殺人の容疑が、かかったんですが、彼女の話によると、そのワインは、あなたが、四月五日に持参したものだそうですね？」

「たしかに、そのワインは、私が持ち込んだものだと思います。四月五日は、彼女の誕生日だったので、二人で誕生日を、祝おうと持っていったのです。しかし、その時、僕も彼女も、そのワインを、何杯も飲んでいるんですよ。もちろん、その時には、何ともなかったんです」

　と、山際が、いった。

　亀井刑事は、問題の、ワインのボトルを、山際に示して、

「青酸カリが入っていたのは、このワインなんですが、これは、山際さんが、四月五日に持ってきたものですか？　間違いありませんか？」

　と、念を押した。

「ええ、私が持ってきたのは、このワインです。間違いありません」

「そうなると、四月五日に、山際さんと結城あやさ

んとが、このワインを飲んで誕生日を祝った時には、この中に、毒物が入っていなかった。そういうことに、なりますね?」

「当たり前ですよ。私も結城あやさんも、そのワインで、乾杯したんです。二人とも、こうやって、生きているじゃありませんか」

「とすると、その後で、誰かが、青酸カリを入れたことになりますね?」

「私は、その後、彼女が、そのワインをどうしたのかは、知りませんよ。かなりの量が、まだボトルに残っていたのは、知っていましたが、彼女が、後で、自分で飲むつもりで、冷蔵庫にでも、入れておいたんじゃありませんか? 彼女は、ワインが好きだから」

「あなたのおっしゃる通りです。結城あやさんも、そのように、証言しています」

「そうですか」

「このワインですが、山際さんは、どこで購入されたんですか?」

亀井刑事がきく。

「たしか、一年前、韓国に仕事で行った時に、向こうで見つけて、購入してきたものです。いくらだったかは忘れましたが、かなり、高価なワインでした」

「そうですね。われわれの、鑑定でも、かなり高価なものであることが、分かりました。ところで、四月五日の後、今まで、山際さんは、どうされていましたか?」

「五日に、大阪での仕事があったので、最終の新幹線で大阪に行きました。半年も前から大阪で、同業者の久保田肇という社長と、会社の合併について、話し合っているので、どうしても、その話に決着をつけたくて、五日の夜、新幹線で大阪に行ったんです。今日までずっと、久保田社長と、会社の合併について話し合っていました。その途中で、警察から電話がかかってきたので、こうして、急いで東京に帰ってきたんです」

「失礼ですが、山際さんと、結城あやさんとの関係は、いつ頃からですか?」

「そうですね、たしか、かれこれ十年ほど前からだと思いますね」

「十年の付き合いですか。それは、クラブのママと、店に通っているお客さんという関係ですか?」

亀井に、きかれて、山際は、ここは正直に話したほうがいいだろうと考えて、

「最初は、友達に紹介されて、結城あやさんがやっている銀座の店に、通うようになったんですが、その後は、いわば、常連客とママさんとの付き合いですね。プライベートに、彼女と何カ月か、同棲したこともあります。そういうことは、私の周《まわ》りにいるたいていの人が知っていますから、隠すつもりは、ありません」

その後、亀井は、棚に飾ってあった黄金のトラを、山際の前に、持ってきて、

「これも、山際さんが、四月五日の彼女の誕生日に、結城あやさんに、贈ったものだそうですね?」

「そうです。彼女は寅年ですから」

「これは、金で、作られていますよね?」

「そうです。彼女は、とにかく、金が好きですから」

「これは、いくらぐらいするものですか?」

「約一千万円です」

ここは、全て、本当のことをしゃべろうと、山際は、東京に向かうタクシーの中で、決めたのである。ヘタにウソをつくと、後から苦しくなってくる。

「一千万ですか」

亀井刑事は、小さく、ため息をついてから、

「誕生日に、そんな高価なものをプレゼントするということは、山際さんと結城あやさんとの関係は、今でも、かなり、深いものだと、考えてもいいでしょうか？」

「申し上げたように、十年来の、付き合いなんですよ。私は今、人材派遣の会社をやっているんですが、結城あやさんの持っている人脈というのか、政治家とか、実業家とか、芸能人なんかとのコネが、私の仕事にも、大いに、役に立ちました。私の会社が、ここまで、大きくなれたのも、全て彼女の、お陰なんですよ。ですから、誕生日に一千万円くらいの、贈り物をしても、まだ足りないくらい、彼女には、世話になっています。この金のトラの置物は、彼女に対する私の、感謝の気持ちなんです」

と、山際が、いった。

その時、青酸中毒で死んだ、五十嵐勉のマネージャーが、やって来て、山際は、ひとまず解放された。

亀井刑事は、その小川《おがわ》というマネージャーを、別室に連れていって、話を聞くことにした。

「亡くなった五十嵐勉さんが、昨日、結城あやさんの、マンションに来ていたことを、小川さんは、ご存じでしたか？」

「親しくしている人が、呼んでくれたので、ちょっと、六本木まで、行ってくるとはいっていましたが、相手が、結城あやさんということは、知りませんでした」

小川マネージャーがいう。

「結城あやさんのことは、前からご存じでしたか？」

「ええ、名前は、五十嵐勉から聞いていました」

「五十嵐さんと、結城あやさんとの関係は、どの程度のものだったんですか？」

「五十嵐勉は、今、テレビ界でかなりの人気者になっていますが、まだ新人です。ですから、ファンを、大事にしています。結城あやさんとの関係が、いったいどんなものだったのか、私は、知りませんでしたが、彼の後援会に入ってくれていることは知っていました。誕生日には、かなり高価なものをプレゼントされていた。ですから、彼女から誘いを受けて、結城あやさんのマンションを、訪ねたんだと思いますよ。しかし、青酸中毒で死ぬなんてことは、全く、考えていなかったと思いますね。もちろん、マネージャーの私もです」

「しかし、結城あやさんが勧めた、ワインを飲んで、五十嵐さんが、亡くなったことは事実なんです。結城あやさんは、否定していますが、二人の間に、男女の関係は、なかったんですか？」

「そこまでは分かりません。私は五十嵐勉のマネージャーですが、プライベートなことまでは、知りませんでした」


と、小川が、いった。

「もしかしたら、かなり深い男女の関係が、二人の間に、あったかもしれませんね？」

「ですから、それは、マネージャーの私にも、全く分かりません。あったかもしれないし、なかったかもしれません。本当に、分からないのです」

「五十嵐勉さんは、女性のファンが、多かったんですか？　女性にモテるほうでしたか？」

「五十嵐勉は、今風にいえば、イケメンで頭もいいので、たしかに、女性のファンが多かったですね。男女の比を考えると、七十パーセントは、女性のファンだと思いますね」

「それで、今までに、女性との間に、何か問題を、起こしたことはありませんか？」

「私が知る限りではありません。もし、何か問題を起こせば、芸能界にいられなくなってしまいますからね。その辺は、日頃から注意するようにウチの社長もいっていましたから」

「しかし、結城あやさんとの関係は、分からない？」

「そこまでは、マネージャーの私にも分からないのですよ」

と、小川が、繰り返した。

「現在、五十嵐勉さんの遺体は、司法解剖のために、大学病院に、運ばれていますが、実は、通報を受けて、われわれが現場に到着した時、遺体はナイトガウン姿だったんですよ。そのナイトガウンは、結城あやさんのものでした。つまり、二人は、ナイトガウン姿でワインを、飲んでいたわけです。そうなると、かなり深い関係が、二人の間にあったことが、想像できるのですが、その点は、どうですか？」

「それは、今も申し上げたように、男女の関係があったかどうかは、マネージャーの私にも分かりません」

マネージャーの小川が、同じ言葉を繰り返した。

6

ベッドに入っていた結城あやが、ようやく起きてきた。

部屋に入ってきて、山際を見つけると、急に涙声になって、

「本当に、大変だったのよ。私が勧めたワインを飲んだ途端に、五十嵐クンが、死んでしまって」

「そのことは、さっき、刑事さんから聞いたよ。ビックリしたんじゃないの？」

「当たり前でしょう。だって、あのワインは、山際さんが、持ってきて、二人で乾杯したワインだったから、まさか、そのワインの中に、青酸カリが入っているなんて。でも、いくら私が一生懸命説明して

も、刑事さんは、私の言葉を、なかなか信じてくれないのよ」

「僕も、ちゃんと、証言しておいたよ。あのワインは、僕が、君の誕生日に持ってきたものだけど、二人で飲んだ時には、何も入っていなかった。もちろん、青酸カリなんて入っていなかった。そういっておいたから、大丈夫だと思うよ」

「それで、警察は、私のことを、信用してくれるかしら?」

「当たり前だろう。君が、あのワインに、毒物なんて入れるはずがないんだから、信用するに、決まっているよ」

山際が、強い口調で、いった。

「そうだと、いいんだけど」

結城あやが、ため息をついたところで、また、亀井刑事が顔を出して、結城あやに、

「さっきの続きを、話してもらえませんか?」

「さっきの続きって?」

「あなたと、亡くなった五十嵐勉さんの関係ですよ」

「別に、特別な関係なんて、ありませんよ。五十嵐さんは、ウチの店のお客さんで、時々、銀座の私の店に、飲みに来ていたんです。私も彼のファンだったから、ヒマだったら、自宅のほうにも遊びに来てくれと伝言しておいたので、昨日の夕方、来てくれたんですよ。それだけのことですよ。ほかには、何もありませんよ」

「しかし、二人ともナイトガウン姿でしたよね? 五十嵐勉さんが着ていた、ナイトガウンは、あなたのものでしょう?」

「ええ。五十嵐さんは、男性としては小柄なほうだから、私のナイトガウンでも、着ることができるんです」

「どうして、ナイトガウンになったんですか?」

「ウチに着いた時、仕事の現場から急いで来たからといって、汗を、びっしょりかいていたんです。彼は、シャワーを浴びたいといったのでその後、寛《くつろ》いでもらおうと思って、私のナイトガウンを、貸したのです。それだけの話ですよ。刑事さん、変なことを、考えないでください」

あやが、亀井を睨《にら》む。

「さっき、小川さんという、マネージャーに、聞いたら、五十嵐さんは、最近、車を買い替えたそうですが、国産車からベンツにした。小川マネージャーに、五十嵐さんは、そのベンツは、ファンの女性に、買ってもらったといったそうです。ファンの女性というのは、もしかしたら、あなたでは、ありませんか？」

亀井が、あやに、きく。

あやは、一瞬、迷っているような表情だったが、

「ええ、そうですよ。五十嵐勉さんの誕生日に、私が、買ってあげました。私は、五十嵐勉さんの大ファンですからね。好きな芸能人に、車ぐらい買ってあげたって、構わないでしょう？　それとも、芸能人に車を買ってあげたら、何か罪になるんですか？」

亀井刑事は、苦笑して、

「もちろん、別に、それ自体が刑事事件になるわけじゃありませんよ」

山際は、ひとりで、素早く頭を、回転させていた。

自分の計画したようには、いかなかった。結城あやは、今も、生きている。生きて、しゃべっている。

結城あやが、五十嵐勉という若手の芸能人と、関係があって、それでモメていた。それで、あのワインの中に青酸カリを入れて、五十嵐勉に、飲ませたのではないか？

ただこのままで行けば、おそらく、これまでの、流れから警察は、ひょっとして、そう、考えるかもしれない。

だとしたら、うまく行けば、結城あやは、殺人容疑で、逮捕され、刑務所行きになるかもしれない。

最初の計画とは、違ってしまったが、結城あやを、何とか、始末することができるのではないか？

それならそれで、これからは、結城あやのことを、意識せずに会社をやっていけるはずだ。

山際は、そう、考えていた。

7

最初に、山際が、思い描いていたストーリーとは違ってしまったが、それでもこのまま、うまく行けば、目障《めざわ》りな結城あやを、芸能人・五十嵐勉殺しの犯人として刑務所に、送ることができるだろう。そうなれば、結城あやと、今後関わりを持たずに済むのだ。

山際は、そう考えた。

そこで、山際は、二つのことを、自分にいい聞かせた。

第一は、警察に対して、自分の立場を有利にもっていくことである。自分には絶対に、結城あやを殺す動機がなく、彼女とは、これからも、仲良くしていきたいと思っていた。そうした気持ちを、警察に強く示していくことである。

第二は、結城あやという女性は、五十嵐勉のような若いタレントに対して、一見、チヤホヤしているように見えるが、心の奥では軽蔑《けいべつ》していたと主張し、何とか結城あやに、五十嵐勉を殺す動機が、あったことにして、それを警察に、さり気なく知らせなければならない。

もし、この二つが、山際が思っている通りになれば、結城あやを、自分の視界から消し去って、刑務所に、追いやることができるだろう。

そこで、山際はまず区役所に行き、婚姻届の用紙をもらってくると、そこに、自分の名前を書き、印鑑を押した。もちろん、その婚姻届には、結城あやのサインと、印鑑をもらうつもりだということにするのである。

十津川《とつがわ》という警部と、亀井という刑事が話を聞きに、山際を社長室に訪ねてきた時、その婚姻届の用紙を、それとなく、机の上に置いておいた。

十津川警部は、山際に会うなり、

「失礼とは思いましたが、山際さんの大阪での行動を、念のために、調べさせていただきましたよ」

と、いった。

「つまり、警察は、私のことを、疑ったわけですね？」

「いや、疑ったということではなくて、念のためということですので、お気を悪くしないでください」

「それで、どういう、結論になったんですか？」

「全て、山際さんが、おっしゃっていた通りでした。四月五日の夜、新幹線で、大阪に行き、向こうの人材派遣の会社をやっている久保田という同業者の方に会って、会社の合併について話をされたことを確認しました。その後、大阪府の副知事や大阪市の市長なんかとも、お会いになって話をされたことも、間違いないという証言を得ました。四月八日、こちらで、事件のあったその日には、こちらの要請に応じて、わざわざ、大阪のSNタクシーの車で東京まで戻ってこられた。そのことも確認しました。全てにわたって、間違いありませんでした」

「それでは、私が、今回の殺人事件に、関係していないことは、お分かりになったんですね？」

山際が、きいた。

「いや、百パーセント関係がないとは、まだそこまでは、申し上げられません。それで、一つ質問していいですか？」

「ええ、結構ですよ。何でも、お聞きになってください」

「山際さんは、四月五日の結城あやさんの誕生日に、一千万円もする、金のトラの置物をプレゼントされたと聞きましたが、これは、本当の話ですか？」

「ええ、そうです。彼女の、誕生日のプレゼントとして、たしかに、一千万円する金で作ったトラの置物を贈りました」

「それだけ、結城あやさんに、ホレていたわけですね。それなのに、どうして、結城あやさんと、結婚されないんですか？」

十津川が、きいた。

「困ったな」

山際は、わざと、困ったような顔をし、一拍《いっぱく》置いてから、

「実は、これまでに、私のほうから、何度も彼女に、結婚を、申し込んでいるんですよ。ただ、彼女のほうは、たぶん、覚えていないでしょうが」

「覚えていないというのは、どういうことですか？」

「彼女に、結婚を申し込むのは、彼女と一緒に、お酒を飲んでいる時が多いんですよ。私も照れくさいので、お酒が入らないと、結婚してくれなんてことは、なかなか、いえませんから。ただ、彼女のほうは飲んでいると、その時のことを忘れてしまうことが、多いようなんです」

「それで、結婚しなかったんですか？」

「正直にいうと、彼女に、断わられたんです」

「結城あやさんは、どうして、山際さんの結婚の申し込みを、断わったんです？　何か理由があるんですか？」

横から、亀井が、きく。

「結城あやさんは、刑事さんも、ご存じのように、なかなかの、美人ですから、若い頃からやたらに、モテました。おそらく、今までに、何人もの男性と、付き合うのが楽しかったんじゃありませんかね。今だって、私とは別に、五十嵐勉という若いタレントと、付き合っていたわけですからね。それが分かっているので、彼女が、もっと、落ち着いたら、すぐに、もう一度、結婚を申し込もうと、思っています」

「山際さんは、亡くなった、五十嵐勉さんと、あやさんのことを、前から、ご存じでしたか？」

「いいえ、知りませんでした。ただ、彼女が、若いタレントと、付き合っていることは、何となく知っていました。彼女は、若いイケメンの男性が、好きでしたから」

と、山際は、いってから、

「それで、現在の状況は、どうなんでしょうか？　私は、彼女が、人殺しなんかできない人間であることは、よく知っていますが、彼女に、殺人の容疑が、かかっているんですか？」

「彼女が、五十嵐勉さんを殺したという、証拠はありません。ですから、今、彼女を逮捕することはありません。ただし、今のところ、結城あやさん以外に、容疑者がいないことも事実ですが」

と、十津川が、いった。

「動機がないでしょう？　彼女に、五十嵐勉さんを、殺す動機があるんですか？」

山際は、わざと強い口調で、いった。

「動機は、何もなかったといったほうが、いいかもしれませんが、実はここに来て、動機らしきものが出てきたんですよ」

と、十津川が、いう。

「いったい、どんな動機が、見つかったんですか？」

「五十嵐勉さんというのは、十人ほどの若いタレントたちの、グループがあって、その中の一人なんですが、グループの若者たちに会って、いろいろと、話を聞いてみたんですよ。そうしたら、結城あやさんは、知り合った頃からずっと、五十嵐勉さんのことを、可愛がっていて、最初のうちは、五十嵐勉さんのほうも、それを喜んでいたようなんですが、そのうちに、五十嵐勉さんは、少しばかり鬱陶しくなってきたというんですよ。それで、仲間うちで彼女の話をすると、五十嵐さんの口から愚痴《ぐち》が出ていたということでした。何でも、結城あやさんの態度や言動が、あまりにも、ベタベタしすぎるので、助けてくれといいたくなる。それでも今の自分は、タレントとして、売れていないので、小遣《こづか》いを、くれたり、車を買ってくれたりされると、やっぱり嬉しいから、じっと我慢をしているのだが、本音《ほんね》をいえば、今すぐにでも、彼女から、逃げ出したいんだ。五十嵐勉さんは、そんな話を、仲間にしていたらしいんですよ。ところが、ある時、そのことが、結城あやさんの耳に入ってしまったらしいというのです。それで、山際さんにお聞きするのですが、結城あやさんというのは、気が強くて、プライドの高い女性でしょう？　違いますか？」

「まあ、たしかに、どちらかといえば、気が強くて、プライドも、高いほうでしょうね。それは、間違いないと思います」

「そうですよね。それで、結城あやさんのほうは、陰で、そんなことをいいふらしている五十嵐勉は、絶対に、許せない。いつか、お仕置《しお》きをしてやると、いっていたそうなんです」

と、十津川が、いった。

山際は、話が、いい方向に、動いていると思いながらも、ここで、ニヤニヤしては、まずいと、考え

ながら、

「そうですか。そんなことを耳にしたとすれば、彼女が、怒るのも当然だとは思いますが、だからといって、彼女は、殺人なんか、しませんよ。そんなバカな女じゃありません」

更《さら》に強い口調で山際はいった。

「たしかに、あなたのおっしゃるように、そのくらいのことでは、人を殺しませんよ。しかし、それが、重なっていったらどうでしょうか？」

と、十津川が、いう。

「ということは、一つだけじゃなくて、重なって、いるんですか？」

「いや、まだそこまでは、調べておりません。そこで、山際さんに、一つ、お願いがあるんですが」

「お願いって、どんなことですか？」

「山際さんは、長いこと、結城あやさんと、付き合ってこられたんでしょう？　彼女のいい点、悪い点、それに、性格などを、一度ゆっくり、われわれに、教えていただけませんかね？　捜査の参考にしたいので」

と、十津川がいう。

「分かりました。それでは、近日中に、捜査本部に、お伺《うかが》いしましょう」

「よろしくお願いします」

十津川が、いい、二人の刑事は立ち上がって、社長室を出かけてから、亀井刑事が、社長のテーブルに、目をやって、

「それ、婚姻届じゃありませんか？」

と、いい、

「いつも用意されているんですか？」

「そうなんですよ。いつも、用意しているんですよ。彼女の機嫌が、いい時に、結婚を申し込もうと、思いましてね」

山際は、いった。

その後、念を押すように、

「私からも、刑事さんに、一つお願いがあります」

「何でしょう?」

「彼女の機嫌がいい時を、見計らって、私が、彼女と、結婚をしたがっているということを、伝えてくれませんか?」

と、山際が、いった。

「分かりました。彼女に、いっておきましょう」

と、いって、十津川は、ニッコリした。

8

山際を訪ねた十津川警部の話から、警察では、結城あやに、五十嵐勉を殺すだけの動機があったと見ているらしい。ただ確証がないので、結城あやを逮捕するところまでは、なかなかいかないらしい。

そこで、山際は密《ひそ》かに、私立探偵を雇って、死んだ五十嵐勉について、調べてもらうことにした。それも、大きな事務所を構えて手広くやっている探偵ではなく、個人経営の、私立探偵に頼むことにした。このことを警察などに知られたくなかったからだ。

山際は、その私立探偵に、

「金は、十分にはずむから、絶対に秘密厳守で、何としてでも、調べてもらいたいのだ」

私立探偵は、山際の申し出を聞くと、ニッコリ、笑って、

「調査依頼をされる方の七十パーセントは、絶対に秘密厳守でやってくれといわれますよ。こちらは、その点は心得ていますから、どうか、ご安心ください。あなたの名前は、絶対に、出さずに調べます」

「結城あやという女性がいる」

山際は、裏に年齢と住所を書いた結城あやの写真を、探偵に、渡した。

「彼女は独身で、写真のように、魅力もあるし、金もある。それで、若いタレントを可愛がっているんだが、タレントの一人が死んでしまって、彼女が、殺したのではないかという疑いが、かかっている。そこで、彼女と、死んだ若いタレントが、いったいどんな付き合い方をしていたのかを調べてほしい。もし、彼女が、殺したのだとすれば、殺すだけの理由が、あったのかどうかも調べてもらいたいのだ。それと、なるべく早く、調査報告書を届けてもらいたい。調査の費用は、必要であればいくらかかっても、構わないが、今もいったように、できるだけ早く調べてもらいたいこと。依頼主の私のことは、絶対に表に出ないようにしてもらいたいこと。この二点は、確実に、守ってもらいたい。できるかね?」

特別な調査なので、相応《ふさわ》しい料金を、払うが、もし、こちらの望むような調査報告書が出た場合は、成功報酬《ほうしゅう》として、約束した調査費用とは別に二百万円払うと、山際は、約束した。

一週間以内に、最初の調査報告書を出すと、探偵が、約束したので、山際は、その一週間の間、もう一度大阪に行っていることにした。彼が探偵と会っていたり、あるいは、電話連絡していることが分かってしまうと、困ることに、なるからである。

9

山際はわざわざ、十津川警部たちには、一週間、大阪に行って、仕事をしてくると伝えたが、結城あやに対しては、大阪行きのことは黙っていたし、調査を依頼した私立探偵には、一週間、全く連絡を、取らなかった。

ただし、大阪に行っていても、新聞の記事や、テレビのニュースは、しっかりとチェックしていた。自分が大阪にいる間に、事件がどう動くかが、分からなかったからである。

一週間念入りに、ニュースを見ていたが、事件の捜査は、ほとんど進展していないように見えた。警察は、明らかに、結城あやに疑いの目を向けてはいたが、決定的な証拠が見つからないので、逮捕はできないし、起訴もできない。そんな状況に、見えた。

山際は、密かに、こう思った。

（あと一押し、警察の背中を、押したら、おそらく、結城あやを殺人容疑で、逮捕するだろう。その力を、今度調査を頼んだ私立探偵が見つけてくれれば、それで万々歳《ばんばんざい》なんだが――）

一週間が経《た》ち、山際は、仕事を終えた形で、東京に、戻った。

山際は、東京に着くとすぐ、私立探偵に電話をかけた。

「頼んでおいた調査報告書は、もうできたかね？」

山際が、きくと、相手の私立探偵は、いかにも、自信ありげに、

「お客様に満足していただける調査報告書ができましたから、これから、そちらにお持ちしますよ」

一時間もすると、私立探偵が、会社の社長室に、姿を現わした。

「すぐに、調査報告書を読みたいのだが」

山際が、いうと、私立探偵は、カバンから取り出した調査報告書を、山際の前に置いた。

ところが、その調査報告書は、一通ではなく、なぜか、二通だった。

「調査報告書が二通あるが、いったい、どういうことなんだ？　まさか、調査報告書の続きということじゃないだろうね？」

山際がきくと、

「もちろん、二通とも、きちんとした調査報告書です。一通は、無難な調査報告書で、もう一通は、お

客さんの、期待に沿えるような調査報告書になっています。そのどちらを、お使いになるかは、お客さんのご自由ですから、お任せしますよ。無難な一通だけでしたら、成功報酬はいただきませんが、もう一通のほうでしたら、お約束した二百万円の成功報酬をいただくことになります」

　と、私立探偵が、いった。

「分かった。それでは、念のために、二通とももらうことにしよう」

　山際は、前もって用意しておいた二百万円を、私立探偵に渡した。

「この件は、これで、終わりだ。何もなかったことにしたい。私に頼まれて、君が、結城あやという女性のことを、調べたことは、誰にもいわないこと。また、この場限りで、君が見聞きしたことを、全て忘れてもらいたい。いいね？」

　と、山際が、念を押すと、私立探偵は、ニッコリして、

「大丈夫です。ご安心ください。全て分かっておりますから」

　山際は、ひとりになると、二通の調査報告書に目を通すことにした。

　山際は、コーヒーを淹《い》れ、それを、飲みながら、努めて落ち着いて、調査報告書を、読んでいった。

　まず一通目の、調査報告書には、結城あやは、若い才能のあるタレントを可愛がっていて、特に、五十嵐勉の才能にホレていて、彼の誕生日には、高価なベンツの新車を、贈ったりしていたと、書いてあった。

　しかし、五十嵐勉のほうも、自分が年上の結城あやに可愛がられていることを、それなりに楽しんでいて、仲間にも、それを自慢していたとも書いてあった。これでは、山際もすでに、知っていることが書いてあるだけである。

山際は失望し、もう一通の、調査報告書のほうに目を移した。

一通目の、調査報告書の内容とは違って、こちらの調査報告書のほうは、最初から、最後まで、山際を喜ばせるような言葉と、文章になっていた。

「結城あやと、五十嵐勉が知り合ったのは、今から半年ほど前である。

二人は、知り合ってすぐに、親しくなり、特に、結城あやのほうが、若い五十嵐勉に、夢中になった。五十嵐勉の誕生日には、新車のベンツを、贈った。

最初のうち、五十嵐勉も、美人の女性に、可愛がられることに満足し、喜んでいたし、また、周りにいた仲間の若いタレントたちも、五十嵐勉のことを、羨《うらや》ましがっていた。

ところが、あまりにも、結城あやの愛情が強く、何かというと五十嵐の生活に干渉《かんしょう》してくることに、次第に、それを嫌悪《けんお》するようになっていった。

仲間たちとの間で、恋愛や異性について話し合うような時になると、最初こそ、五十嵐勉は、結城あやのことを、自慢げに話していたが、そのうちに、彼女の話を次第にしなくなり、自分は、一人で、やっていきたい。年上の女の助けなど、借りたくないと、いい始めた。

そのうちに、結城あやが誘っても、何かと理屈をつけて、誘いに応じなくなった。そのことで、ケンカをし、怒った結城あやが、五十嵐勉の顔を、平手打ちにすると、それまで、黙っていた五十嵐勉が、殴《なぐ》り返して大騒ぎになったことがあったという。

それでもなお、結城あやは、しきりに、五十嵐勉を誘ってくるので、五十嵐勉は、ある時、仲間に、今度、彼女のマンションに行った時には、きっぱりと、別れること、もう、自分の人生には、干渉しないでくれと、彼女に話すつもりだといった。

仲間たちは、五十嵐勉が、はっきりと、結城あやとは、別れるというので、逆に心配になり、ああいう年上の女というのは、いざとなると、怖《こわ》いから、別れるにしても、なるべく相手を怒らせないようにして話したほうがいいよと、忠告したり、面と向かって別れるとはいわないで、しばらく、どこかに、姿を消して、それとなく、もう、会うつもりのないことを分からせたほうがいいのではないかと、心配していう者もいた。結局、五十嵐勉は、結城あやに、誘われるままに、彼女の六本木のマンションを訪ねていき、殺されてしまった。

事件のことを聞いた、仲間の若者たちのほとんどが、あれは五十嵐勉が、別れ話を切り出したために、結城あやが怒って、五十嵐勉を殺してしまったんだろう。そうに違いないと、話している」


最後まで読んだ山際は、そこに、一枚の紙が折って、はさんであることに気がついた。

その紙を広げてみると、こんな文字が、書いてあった。

「お客様へ。

こちらの調査報告書を、お使いになる場合は、私に連絡してください。

多少、金額は、張ることになりますが、この調査報告書が、ウソでない状況を、急遽《きゅうきょ》、作ってさしあげることを、お約束いたします」

10

山際は、しばらく迷ってから、私立探偵に、電話をかけた。

「ありがとうございます。やはり、電話をくださいましたね。かかってくると、思っていましたよ」

電話の向こうで、私立探偵が、勝ち誇《ほこ》ったような声で、いった。

「調査報告書にはさんであった紙に、ウソでない状況を作ってくれると書いてあった。いったい、どういう状況を、作ってくれるのかね？　そういう状況を、作ってくれたら、君に、いくら払ったらいいのかね？」

山際が、きいた。

「亡くなった、五十嵐勉の仲間が、全部で十人ほどいます。この十人を集めて、あなたが満足するような方向に、おしゃべりを、持っていき録音します。その費用として、さらに百万円いただきたい」

と、私立探偵が、いった。

「もう百万円出せば、本当に、私が満足するものができるのかね？」

「大丈夫、できます。それがご不満の場合は、一回だけ、そちらが、どこを、どう直したらいいのか、どういう方向に持っていったらいいのかを、いっていただければ、その方向に、私が、持っていきます。それでOKならば、私の口座に、百万円を、振り込んでいただきます。そうですね、百万円が振り込まれ次第、三日の間に、あなたが、満足されるような若者たちの声を集めて、そちらに、持っていきますよ」

と、私立探偵が、いった。

「分かった」

と、いって、電話を、切った後、山際はすぐ、私立探偵のいった銀行口座に、百万円を、振り込んだ。

約束通り、百万円を、振り込んだ三日後に、録音されたテープが送られてきた。

山際はその場で、テープを聞いた。

たしかに、調査報告書に、あったように、死んだ五十嵐勉の、若い仲間たち十人が、口々に発言しているテープである。

五十嵐勉に対して、結城あやに会って、きっぱりと、別れるといっているが、あまり強い調子でいうと、危ないぞと、心配する声があったり、すぐに、逃げ出して、一年くらい、どこか外国に行っていろと、アドバイスする友達もいる。

そのテープを全て、聞き終わった後、山際は、不機嫌になった。

山際は、すぐに、私立探偵に電話をかけて、

「君が送ってくれたテープを、聞いたが、これでは、決定的な話に、なっていないじゃないか。私が欲しいのは、五十嵐勉が、結城あやに、間違いなく、殺されたということなんだ。そのためには、証拠は、ないかもしれないが、もう少し、決定的な証言がなければダメだ。これでは、五十嵐勉が、結城あやに殺されたようにも、思えるし、殺されるはずはないようにも、思えてしまう。その点を、大至急訂正してほしいのだ」

「分かりました」

と、私立探偵は、いった。

「分かりました。一度は訂正いたします。そのために、余計なお金は、一切いただきませんので、ご安心ください。その代わり、あと二日だけ、お待ちください。あなたが、満足される録音テープを作って、お届けします」

二日後、向こうが約束した通り、一本の録音テープが、届けられた。

今回も、録音テープは、届いたが、私立探偵は、来なかった。一回だけは、テープを修正するが、それに対しては、余分な金銭は、要求しないという。これは、私立探偵の、言葉通りの行動なのだろう。

そう推測して、山際は、新しいテープを聞いた。

そして、満足した。

11

前のテープと同じように、五十嵐勉の若い友達十人がしゃべっているのだが、それは、前のテープに比べると、明らかに、激しく、激烈な調子のものだった。

「五十嵐は、彼女のことで、こんなことをいっていたよ。最初のうちは、可愛がってくれたり、高価な誕生祝いを、くれたりするのが嬉しかった。しかし、ここに来て、あまりにも、それが、押しつけがましくなってきたので、辟易《へきえき》しているんだ。どうやら、彼女にもそれが分かったらしくて、先日は、あの女が、もし、あなたが、私と別れようとしたら殺してやると、いわれた。真顔《まがお》だったから、正直怖かった。五十嵐は、そういっていたよ」

と、五十嵐の仲間の一人が、いう。

続いて、もう一人が、いう。

「だから、俺は、危ないから、結城あやという女には、二度と近づかないほうがいいと、いったんだ。そうしたら、五十嵐は、こういったよ。俺が、これから先も芸能界で生きていく上で、どうしても、あの女と顔を合わせて逃げられない。だから、今後呼ばれたら、きっぱりと、話をつけてくるつもりだ。もし、俺が死んだら、あの女に殺されたと思ってくれ。そんなことまで、五十嵐は、いっていたよ」

仲間の中にいる女性の証言は、次の通りだった。

「私は同じ女だから、よく、分かるんだけど、結城あやという女は、本気で五十嵐クンのことを、好きになっているんだと思うの。だから、もう、ほかの女には、五十嵐クンを絶対に渡したくないと思っている。そんな気持ちが彼女の顔に、表われているわ。ああなると、女は、本当に、怖いわね。何をするか分からないから」

そのほかには、友達のこんな声もあった。

「これは、五十嵐が酔っ払った時に話したんだが、あの女から、首を絞められて、危《あや》うく殺されそうになったといっていた。何でも、酔った挙句《あげく》に、彼が、この辺で、別れて、自分の道を進みたいと、いったらしいんだ。そのあと、酔っ払って、眠りかけていたら、いきなり、首を、絞められたんだそうだ。あの時本当に眠っていたら、首を絞められて、死んでいたかもしれない。五十嵐のヤツ、そんなことをいっていたよ」

「結城あやというのは、女の、ストーカーなんじゃないのか？」

と友人の一人が、いう。

「警察に、一度、相談に行ったほうがいいんじゃないのか？」

「しかし、芸能界に近いところに住んでいるんだし、一応、先輩だからね。公《おおやけ》の場でというか、テレビに出ている時に、あの女が、彼を脅《おびや》かしているわけじゃないから、警察に行っても、取り上げては、くれないんじゃないかな？」

「俺たちで、何とか、助けられればいいんだが、何しろ、男と女の問題で、呼ばれれば、どうしたって、五十嵐は、あの女と、二人きりで会うことになるから、俺たちには、どうしようもない」

そんな話や言葉が、テープには、吹き込まれていた。

12

時間が経っても、一向に、捜査一課の十津川たちが、結城あやを、殺人容疑で逮捕する気配がない。十津川が、亀井刑事を連れて、再び、山際を訪ねてきた。

山際は、二人を社長室に招《しよう》じ入れ、若い社員に、コーヒーを運ばせた。

「捜査は、どんな具合に、なっているのですか？」

山際が、きいた。

十津川が、小さく、ため息をついて、

「正直にいって、お手上げの状態ですね。完全に、壁に、ぶつかってしまいました」

「そんなに難しい、事件なんですか？」

山際が、きくと、十津川は、

「いや、表面的に見れば、むしろ簡単な事件です。難しいことは、何一つありません。何しろ、一つの部屋の中に、二人の男女がいて、女が、勧めたワインを飲んで、男が死んだ。そのワインの中には、青酸カリが入っていた。それだけの、簡単な事件なんです。現場には、今もいったように、被害者と、犯人の二人しかいませんでしたしね。ただ、犯人、結城あやが五十嵐勉という、若いタレントを殺さなくてはならない動機が、全く、分からないのですよ。結城あやは、五十嵐勉のことを、可愛がっていました。誕生日には、ベンツの新車を贈っていたそうですからね。われわれとしては、何か、彼女が、彼のことを、憎んでいたとか、殺したがっていたとかいう、動機が欲しいのですが、それが、見つからないのですよ」

「動機さえ分かれば、逮捕ということですか？」

「そうですね。容疑者は、今のところ、結城あやさん一人だけですから、動機が分かれば、即、逮捕するつもりでいます。それが、肝心《かんじん》の動機が、いくら調べても、浮かんでこないのです」

そこで、山際は、

「実は」

と、切り出した。

「私は、警察とは、反対に、結城あやさんが、絶対に、犯人ではあり得ないと、信じています。そこで、何とかして、彼女に、有利な状況、あるいは、証言が得られないかと思って、私立探偵に、頼んで、今度の事件について、調べてもらっていたんですよ。その調査報告書が、テープの形で、でき上がりました。死んだ五十嵐勉の仲間、若い男女十人の声を、集めたテープです。それが、少しでも、捜査のお役に立つと思われたらお聞きになってくださ
い」

山際は、問題のテープを取り出して、十津川の前に、置いた。

「山際さんは、そのテープを、お聞きになったんでしょう？」

「はい。何回も、聞きました」

「それで、どんな感想を、お持ちになりましたか？」

「それは、今は、私の口からは申し上げられません。テープを持ち帰って聞いてくだされば、十津川さんなりの感想が、出てくると思いますから、それで判断してください」

とだけ、山際は、いった。

二人の刑事は、そのテープを持って、帰っていった。

翌日の朝、山際は突然、捜査本部に、呼ばれた。出かけていくと、そこには、結城あやの姿もあっ

た。

13

山際と、結城あやを前に、まず、十津川警部がいった。

「今回の殺人事件は、見方によっては、ひじょうに、簡単な事件でした。一つの、部屋の中に二人の人間、つまり、男と女がいて、青酸カリ入りのワインを飲み、男のほうが死にました。形としては、女が、男を殺した。そういう事件です。調べてみると、二人が飲もうとしていたグラスの中に、青酸カリが入っていたのです。そうなると、問題は、殺人の、動機ということに、なってきます。女に、男を殺さなければならない動機が、あったのかどうかということです。ところが、この動機が、はっきりしない。そんな時、こちらにおられる、山際さんが私費を投じて私立探偵を雇い、死んだ五十嵐勉の仲間、若い十人の話を、テープにとって、私に渡してくれました。これがそのテープです。これからテープを、お聞かせします」

十津川は、テープを、結城あやと山際、そして、捜査を担当した、刑事たちに、聞かせることにした。

五十嵐勉の仲間の若者たちの声が、流れてくると、結城あやの顔が、次第に、険《けわ》しくなっていった。

そして、突然、

「テープを、止めてください！　こんなのウソだわ！　どうして、この人たちは、こんなウソばかり、ついているの！」

と、大声を出した。

十津川が、テープを止めた。

「結城あやさんに、申し上げますが、これは、そこにいる、山際さんが、私費を出して私立探偵に頼み、死んだ五十嵐さんの仲間の声をテープに、録音したのです。それでも、ウソだというのですか？」

「ウソに決まっていますよ。私を犯人にしたくて、たぶん彼が、お金を使って、ウソの話をでっち上げたんだわ。そうに決まっているわ」

結城あやが、山際を、にらみつけた。

「そうなんですか？」

十津川が、山際の顔を見た。

「ちょっと待ってください。前々からいっているように、私はずっと、結城あやさんの無実を、信じているんですよ。彼女が、殺人をするはずがないと思っているんです。それで、何とかして、捜査のお手伝いになるようなことがしたいと、思って、私立探偵に、依頼したんです。ですから、このテープの中には、私の意見は、全く入っていませんよ。事実だけが入っているんです」

山際がいう。

「そんなのウソだわ。この人は、私のことを無理やり、犯人に仕立て上げたいだけなんだわ。そうに、決まっている」

「バカなことはいわないでください」

山際が、大声で応じる。

「お二人とも、少し、静かにしてもらえませんか」

十津川が、いった。

「このテープですが、山際さん、あなたは、何か、細工をしましたか？」

十津川が、きく。

「細工？　めっそうもない。そんなことを、私が、するはずがないじゃありませんか。どうして、私が、そんなことを、しなくてはいけないんですか？」

「そうですか。それでは、もう一つの、テープがあるので聞いてください」

そういって、十津川が、もう一本のテープを持ってきて、それを、二人に聞かせることにした。とたんに、山際が、がくぜんとした。

そのテープは、山際が、私立探偵に頼んで作ってもらったテープのうちの、彼が、要《い》らないといったほうの、テープである。間違いなかった。流れてくる声は、いずれも、死んだ五十嵐勉は結城あやと別れるといっているが、強くいうと危ない、と心配したり、逃げて、外国に行けと、アドバイスしたり、そんな声ばかりだった。

それを、聞いているうちに、山際の顔が、だんだんと青ざめてきた。

「このテープは、山際さん、あなたが、私立探偵に頼んで、死んだ五十嵐勉さんの仲間から聞いた話を、録音したものじゃありませんか？」

十津川が、きく。

「いや、私は、こんなテープ、知りませんよ。今、初めて、聞きました」

山際は、思わず大きな声を出して、いった。

「本当に知りませんか？　初めて聞いたものですか？」

「そんなテープは、聞いたことがありません。本当です」

山際が、いうと、十津川が、ドアのほうに向かって、

「おい、橋本《はしもと》君、ちょっと、来てくれ」

と、声をかけた。

その声で、一人の男が、入ってきた。

「ご紹介しましょう。現在、私立探偵をやっている橋本豊《ゆたか》君です。彼は警視庁捜査一課の元刑事で、私の部下だった男です。お会いになるのは、結城あやさんは初めてでしょうが、山際さんは、彼のことをよくご存じですよね？　あなたが今回、結城あやさんを、犯人に仕立て上げようとして、それに合致《がっち》

する調査報告書を作るように依頼した私立探偵ですからね」

と、十津川が、いった。

橋本豊が、口をひらいた。

「こちらにいる山際さんに、ある事件についての調査報告を、頼まれました。すでに、新聞にも報道されていた殺人事件についての、調査依頼でしたから、警察以外の人が、どうして、私立探偵の私に、事件について、調べさせるのか、不思議に思って、山際さんとの交渉内容を全て、録音しておきました。その経緯をこれから、そのまま、お話ししたいと思います」

橋本は、ちょっと間《ま》を置いて、話を、続けた。

「山際さんは、こう、おっしゃいました。結城あやさんと、亡くなった、五十嵐勉さんとの関係を、調べてもらいたいと。ところが、話を聞いているうちに、何となく、この人は、結城あやさんが犯人になるような調査報告書を作ってもらいたがっていると思えました。そこで、その真相を知りたくて、わざと二通りの調査報告書を作ってみたのです。一つは、さっき、ここで皆さんが、聞かれたような、ありのままの、調査報告書です。もう一つは、死んだ五十嵐勉さんの若い仲間たちが、しきりに、友人の五十嵐は、結城あやさんに殺されたに、違いないといっている声を集めた調査報告書です。その二つを用意して、山際さんに、お届けしたら、案の定、そちらの、いわば、ウソの、調査報告書のほうに、興味を示されたのです。山際さんは二百万円を、出して、ウソの調査報告書を、買い取られたのです。更に山際さんは、私にこういわれました。これでは、結城あやさんが、犯人だという決定的な調査報告書になっていない。もっと強い、彼女が、犯人に違いないという声を入れてくれと、いわれたのです。そこで、私は、それならあと、百万円払っていただけるのであれば、それらしいテープを作ってお渡ししましょうと約束しました。時間がないので、今度はテープにしました。すると、山際さんは、即座に、百万円を払われ、やってくれといわれました。そこで、私は、もう一度、五十嵐さんの仲間十人に会い、私が書いたストーリーにしたがって、発言してくれるようにと、頼みました。あれは、全くのデタラメなテープで、私が、山際さんの要望に応えて、シナリオを作り、その通りに、五十嵐勉さんの仲間十人に、しゃべってもらったのです。ところが、それでも、山際さんは、満足せず、もっと強い、誰が聞いても、結城あやさんが、犯人だと思うようなテープが欲しいといわれたのです。その時、私は確信しました。真犯人は、この山際さんだとです」

14

山際には、自分の身体が、まるで、床に押しつけられてびくとも動かないように、重く感じられた。大声で叫びたいのだが、叫べば、たぶん、もっと、致命傷になりそうなことをしゃべってしまいそうな気がした。

彼が黙って下を向いていると、十津川が、いった。

「問題のワインに、青酸カリを、入れておいたのは、あなたですね？　そうでしょう、山際さん」

「違う」

山際は、やっと、かすれたような声を出した。

「ワインに、青酸カリを入れたのは、私じゃない。結城あやだ。そして、それを五十嵐勉に飲ませたんだ」

「山際さん、ここまで来て、少しばかり、往生際《おうじょうぎわ》が悪いんじゃありませんか？　そろそろ、本当のことを、話してくれてもいいんじゃありませんか？」

　それでもなお、山際が、何もいわずに黙っていると、十津川は、声を大きくして、

「最近、結城あやさんは、自分がストーカーに狙われているような気がして仕方がなかったそうです。そこで、自宅マンションの各部屋に、監視カメラを、つけたんです。そのことに、あなたは、気がつかなかったようですね。結城あやさんも、最近になって、その録画に、何か、映っているのでは、と思い出しました。四月五日に、その監視カメラが録画したものが、ありますから、まず、それを見てみましょう」

　大型のテレビに、監視カメラの映像が、映し出された。

　睡眠薬で眠らせた結城あやを、ベッドに運んでいった後、山際が、テーブルの上の、グラスを片付けたり、ワインのボトルを、しきりに拭《ふ》いて、指紋を消そうとしているところが、映《うつ》っている。

　そのあと、青酸カリを入れたのだが、そこは、山際の身体の、陰になっていて、よく見えない。

　十津川は、テレビのスイッチを切って、

「このテープを見ると、明らかに、あなたが、持参したワインのボトルに、何やら細工をしていますね。ただし、青酸カリを、混入しているところは、映っていない。しかし、あなたは、青酸カリを、ボトルに注入した。そうしておいて、残ったワインをいつか、結城あやさんが飲んで、自殺したことに、なればいいと、考えていたんでしょう。ところが、結城あやさんが、そのワインを、自分が、可愛がっていた五十嵐勉に飲ませてしまい、殺してしまったのです。そのことを知った山際さんは、考えを変えて、結城あやさんを、五十嵐勉を殺した犯人に、仕

立て上げようとした。ただ、動機が、はっきりしない。そこで、こちらの、私立探偵に頼んで、無理やり動機を、作った。少しばかり、あなたは、やりすぎたんですよ。違いますか？」

十津川は、急に厳《きび》しい口調になって、

「山際卓郎、君を、殺人容疑で逮捕する」

と、いった。

阿蘇《あそ》幻死行《げんしこう》

初出＝「オール讀物」一九九九年八月号
収録書籍＝『下田情死行』文春文庫　二〇〇二年六月

1

夫が仕事で忙しいと、妻は旅に出る、かどうかはわからないが、とにかく十津川直子《とつがわなおこ》は、友人の戸田《とだ》恵《めぐみ》と旅に出た。

行先は、前から行きたいと思っていた阿蘇《あそ》である。

恵は大学の同窓で、同じ三十五歳。三年前に離婚し、すぐ、ブランド物だけを扱う高級店を都内に七店持つオーナーと、再婚した。ひと廻《まわ》り以上も年上だが、それだけに気楽だと、いっている。

優しい夫で、恵がひとりで旅に出ても、全く文句をいわないのだという。それで、しばしば直子を旅に誘うことになる。

今回の旅行も、恵が計画を立ててくれた。

東京から、まず、熊本《くまもと》行の飛行機に乗る。

「あなたが羨《うらや》ましいわ。お金があって、寛大なご主人がいて」

と、直子は、飛行機の中で恵にいった。

「あなただって、大阪の叔母《おば》さんの大きな遺産が入ったんでしょう?」

「遺産はくれたけど、時間はくれなかったわ」

「何いってるの。あなたが、勝手に、頼りがいのある刑事さんと結婚して、自分の時間を削《けず》っちゃったんじゃないの。時間が欲しかったら、私みたいに別れなさい」

と、恵は、笑った。

恵と会っていると、直子は、いつも、こんなたわいのない会話になってしまう。

熊本空港に着くと、空港内のレンタカー営業所で、車を調達した。借りたのは、ニッサンのスカイラインGTである。

そこで阿蘇周辺の地図も手に入れ、恵の運転で、その日泊まる栃木《とちのき》温泉のK旅館に向かった。

国道57号線を、東に向かって走る。

窓を開けていると、五月の風が、心地良く流れ込んでくる。

ゴールデンウィークを過ぎているので、道路も空《す》いていた。

道路は、豊肥《ほうひ》本線に沿うように延びている。三十分ほど走ると、阿蘇外輪山《がいりんざん》の入口である立野《たての》に着く。

ここから国道57号線と分かれて、白川《しらかわ》沿いの栃木温泉に入って行く。

K旅館には、三時過ぎに着いた。玄関に、「戸田、十津川様御一行」の看板が出ている。

白川の流れが見える部屋に通された。

直子は、籐椅子《とういす》に腰を下ろして、ぼんやりと流れに眼をやった。

「この気分、久しぶりだわ」

と、直子は、満足そうにいった。ぼんやりと、自然を感じる気分が、いいのだ。

夫の十津川は、警視庁捜査一課の警部として、毎日のように事件に追われている。一緒にいると、嫌でも、その緊張感が直子に伝わって来てしまう。

離れて、この温泉に来れば、その緊張感から解放される。

「お風呂に行きましょうよ」

と、恵が、声をかけてきた。

一階の大浴場へおりて行く。裸になると、どうしても、身体《からだ》の線が気になってくる。

直子は、毎日、家の近くをジョギングしているので、少しは自信があったのだが、恵の身体は、ほれぼれするほど美しい曲線を描いていた。

「羨ましいわ」

と、直子が、正直にいうと、

「新宿《しんじゅく》にあるSKというフィットネスクラブの会

員になってるの」

と、恵が、いった。

「フィットネスクラブにねえ」

「良ければ、紹介するわ。エステもやってくれるから、楽しいわよ」

と、恵は、いう。

直子は、先に、浴槽《よくそう》に身体を沈めてから、

「会員制だと、高いんでしょう?」

「ちょっと高いけど、それだけの値打ちはあるわよ」

「どんな人が、入ってるの?」

「たいていは、三十代から上の女性ね。それにね」

と、恵は、声をひそめて、

「先生が、若くて、美男子なの」

「ふーん」

「それに、優しい」

「まさか、そこの先生に、惚《ほ》れたんじゃないでしょうね?」

「どうかしらね」

恵は、思わせぶりに笑った。

「駄目よ。あんないいご主人がいるんだから」

「あたしは、主人は主人、素敵な男性は男性って、考えることにしてるの。人生一度しかないんですものね」

「困った人ね」

と、直子は、笑った。

恵が、少し変わったような気がした。少し女っぽく、危険な感じになった。

2

夕食のあとで、恵の携帯が鳴った。彼女は、二言、三言話してから、

「行くわ」

と、いって、電話を切った。

「だれ？」

「これから、飲みに行かない？」

と、恵が、いう。

「この近くに、そんな店があったかしら？」

「熊本よ。熊本へ行って、飲むの」

「熊本？　片道一時間もかかるわよ」

直子は、驚いて、いった。

「熊本で、クラブをやっている友だちがいるの。今、彼女から電話で、どうしても遊びに来てくれっていってるのよ。面白《おもしろ》い店だから、行ってみましょうよ」

「今から？」

「ええ。まだ、七時よ。寝るまで時間を持て余すより、熊本市内へ行って楽しみましょうよ」

恵は、熱心にすすめた。

「じゃあ、タクシーを呼ばないと」

「何いってるの。レンタカーがあるじゃないの」

「でも、向こうでお酒を飲んでしまったら、運転は出来ないわよ」

「大丈夫よ、少しくらい。もし酔ったら、その時は、タクシーにすればいいわ。とにかく、行きましょうよ。実は、その友だちに、九州へ行ったら店に遊びに行くって、約束しちゃってあるの。だから、お願い」

と、恵は、手を合わせ、拝《おが》む真似《まね》をした。

「仕方がないわ。行きましょう」

「ありがとう。恩に着るわ」

と、恵は、いった。

二人は、レンタカーに乗り、再び熊本に向かった。

まだ、周囲は、薄暮《はくぼ》だった。

恵の運転で、国道57号線を熊本に向かう。

途中で、暗くなった。

熊本市内に入ったのは、午後八時半に近かった。

市内の新市街（サンロード）の雑居ビルの入口に、恵の友人という女性が、迎えに出てくれていた。

その女性に案内されて、五階にあるクラブ「菊《きく》乃《の》」に入った。

「ママの菊乃さん。あたしの高校の時の同窓生」

と、恵が、紹介してくれた。

「菊乃は、水商売に入ってからの名前なんです」

と、ママは、いった。

さして広くないが、豪華な造りで、七、八人いるホステスも美人揃《ぞろ》いだった。

店の隅《すみ》に小さな舞台が作られていて、ホステスが、かわるがわる鮮やかな芸を見せてくれる。

「うちでは、何か出来なければ、採用しないんですよ」

と、ママは、誇らしげに、いった。


直子は、その芸には感心したが、帰りのことが心配で、あまり飲めなかった。

さすがに、恵も、控えている。

十時になって、恵が、直子に、

「そろそろ、失礼しようかしら」

と、小声で、いった。

ママは、それ以上、止めようとはせず、

「本当に、来てくれて、ありがとう」

と、恵に、礼をいった。

料金はいらないといったが、直子と恵が半分ずつ払って、店を出た。

レンタカーに、乗った。

「大丈夫？」

と、直子が、心配できいた。

「大丈夫よ。ぜんぜん酔っていないんだから」

恵は、いい、スカイラインGTをスタートさせた。

街灯がまばらなので、道路が暗い。

それでも車が少ないので、恵は、安心して飛ばして行く。

途中で、直子が、運転を代わった。

直子は、大きく眼を見開いて、ライトに浮かぶ道路を睨《にら》むように見て、走らせて行く。

間もなく、立野まで来て、突然直子は、がくんと車がゆれるのを感じた。

何かを、はねてしまったらしい。

あわてて、ブレーキを踏んだ。

車は、悲鳴をあげ、二〇メートル走ったところで、とまった。

「どうしたの?」

と、助手席の恵が、きく。

「何かを、はねたみたいなの」

直子は、自分の顔から、血の気が引いていくのがわかった。

「はねたって、まさか——」

「人間かも知れない」

「とにかく、見てみましょうよ」

恵がいい、車の懐中電灯を持って、外に出た。

直子も、続いておりた。

恵が、懐中電灯で、道路を照らす。急ブレーキの痕《あと》が、続いている。

二人は、その痕を辿《たど》るように、逆戻りして歩いて行った。

(もし人をはねたのなら、どうしよう……)

直子は、そんな言葉が、脳裏《のうり》をかけめぐった。

(夫の十津川も、刑事をやめなければならなくなるかも知れない)

「何にも無いわよ」

と、恵が、いった。

確かに、急ブレーキの痕が始まっている場所へ来ても、何も無かった。

人間はおろか、ねずみの死骸も落ちていないのだ。

「夢でも見てたんじゃないの」

と、恵が、笑う。

「でも、がくんと、ショックがあったのよ。あなただって、感じたでしょう?」

「あたしは、何も感じなかったわ」

「本当に?」

「現に、何も無いじゃないの」

と、恵は、いった。

二人は、車に戻った。直子は運転するのが怖《こわ》くなり、ここから先は、恵に委《まか》せることにした。

K旅館に戻ったのは、十二時近かった。

恵が、もう一度、温泉に入りましょうよと誘ったが、直子はその気になれず、先に布団に入ってしまった。

翌日、朝食のあと、二人は、レンタカーで湯布院《ゆふいん》に向かった。

阿蘇の雄大な景色を眺めながら、阿蘇登山道路を走り、やまなみハイウェイを通って、湯布院に向かう。

空は、文字通り五月晴れで、直子は、昨夜の出来事を忘れることが出来た。

湯布院は、直子が、一度は行ってみたいと念じていた温泉だった。

近くの別府《べっぷ》とは、対極にある温泉だといわれる。湯布院にないものが別府にあり、別府にないものが湯布院にあるという。

二人は、ここのT旅館に入った。

旅館の周囲には、水田が広がり、蛙《かえる》が鳴いている。

自然をなるべく壊さないようにしているのが、湯布院だった。

(ここなら、一層のんびりと出来そうだ)

と、直子は、思った。が、夕食の時、配られた夕刊を見て、がくぜんとした。

〈五月十三日早朝、国道57号線の立野附近の水田で、男の死体が発見された。

警察の調べでは、全身に打撲の痕があり、国道上で車にはねられて、水田に落ちたのではないかと、思われる。

男は四十歳前後で、今のところ、観光客らしいとしかわかっていない。

警察は、はねた車を探しているが、県内の車とは限らず、見つけ出すには苦労する模様である〉

読み終わって、直子は顔色が変わった。あの時、やはり人をはねていたのだ。

道路上は調べたが、水田は真っ暗だったから調べなかった。

「どうしたの？」

と、恵が、きく。

直子は、黙って夕刊を渡した。

恵は、「ふーん」と鼻を鳴らしたが、

「関係ないことじゃないの」

「関係なくはないわ。私が、はねたのかも知れない。昨夜、熊本からの帰りにだわ」

「何いってるの。あの時、車から降りて調べたじゃないの。道路の上には、何も無かったわ。死体も何もね」

「脇《わき》の水田までは、調べなかったわ」

「ええ。でも、これは、あたしたちの車じゃないわ。他の車が、はねたのよ。そうに、違いないわ」

と、恵は、いった。

翌朝、T旅館を出発しようとすると、レンタカーが、駐車場から消えていた。

（警察が来て、押収《おうしゅう》していったのか）

と、直子は青くなったが、恵は平然とした顔で、

「タクシーをフロントに、頼みましょうよ」

「レンタカー、まさか、あなたが？」

「天使が、持って行ったんだと思うわ」

「天使――？」

「そうよ。消えて無くなれば、疑われずにすむわ」

と、恵がいう。

「でも、あなたの名前で借りたんだから、警察は、営業所へ行って調べるわ」

「いいじゃないの。いくら調べたって、車はもう無いんだから」

「でも、レンタカーの営業所の方は、どうするの？」

「新車の代金を払えば、向こうだって、文句はいわない筈《はず》よ」

と、恵は、笑った。

タクシーが来て、それに乗って由布院《ゆふいん》駅まで行くと、恵は、

「これから、あたしが熊本に戻って、車の代金を払ってくるから、直子は、先に東京へ帰って頂戴《ちょうだい》」

「そんなことは、出来ないわ。私も、熊本へ行くわ」

と、直子は、いった。

「じゃあ、一緒に行きましょう」

と、恵は、いった。

二人は、今度は列車で大分《おおいた》に出て、そこから、豊肥本線で、熊本に向かった。

熊本駅前の、同じレンタカー会社の営業所に顔を出すと、恵が、

「お借りしたスカイラインGTを、電柱にぶつけて、めちゃめちゃにしちゃったの。申しわけないので、新車の代金を受け取って欲しいの」

「その車は、何処《どこ》にあるんですか？」

と、担当の男が、きく。

「湯布院の近くよ」

恵は、地図に印をつけた。

「とにかく、湯布院の営業所に連絡を取ります。そのあとで、どうしたらいいか、連絡します」

と、担当は、いった。

恵は、自宅の電話番号を、相手にいった。

3

「私、自首するわ」

と、空港で、直子は、いった。

「何を、つまらないことをいってるの」

恵は、怒ったように、いった。

「でも、私が運転して、はねたんだから」

「証拠なんか、どこにもないじゃないの。車は、コンクリートの電柱にぶつかって、フロントがぐちゃぐちゃになってしまっているわ」

「昨夜、あなたが運転して、わざと電柱にぶつけたのね？」

「さあ、どうだったかしら」

「あなたの好意はありがたいけど、人をはねて殺しておいて、このまま頬《ほお》かむりは出来ないわ。一一〇番して、警察に来て貰《もら》う」

なおも、直子がいうと、恵は、ついさっき空港の売店で買った新聞で、直子の顔を叩いて、

「これを、ごらんなさいよ」

「何なの？」

「国道57号線で、男性をはねた人間が自首したと、出てるわよ」

「え？」

直子は、その新聞を奪い取るようにして、社会面を開いた。

〈国道57号線事故の犯人自首！〉

その見出しが、大きく躍《おど》っている。

〈五月十二日夜、国道57号線、立野近くで男性が車にはねられ、水田に落ちて死亡した事件について調べていた警察は、十四日午前八時頃、自首して来た男を逮捕した。

この男は、熊本市内で建設業を営む原文彦《はらふみひこ》容疑者（二十三歳）で、十二日午後十時四十分頃、立野附近で車にショックを感じたが、そのまま走って帰宅してしまった。十三日の朝になってニュースで知り、悩んだ末、出頭したといっている。

はねられた男性の身元は、いぜんとして不明である〉

読み終わって、直子は、小さく溜息《ためいき》をついた。

（犯人は、自分ではなかったのだ）

ほっとして、一瞬、虚脱状態になってしまった。

「しっかりしてよ」

恵が、声をかける。

「ほっとしたのよ」

「だから、いったじゃないの。はねたのは、あたしたちの車じゃないって」

恵が、笑った。

二人は、熊本空港から飛行機に乗り、東京に帰った。

家に帰った直子は、立野でのことは、夫の十津川には話さなかった。いたずらに心配をかけるのは、嫌だったからである。

翌日、直子は、恵に電話をかけた。

「熊本のレンタカーの営業所から、何か、いって来た？」

「ええ、保険で片《かた》がついたので、弁償は結構ですと、いって来たわ」

と、恵は、いった。

「良かった」

「それでは心苦しいので、あそこの営業所長さんに、礼状だけは出しておこうと思っているの。直子も、よかったら、出しておいてくれない」

と、恵は、いった。

「もちろん、出しておくわ」

と、直子は約束した。

すぐ、便箋《びんせん》を取り出して、熊本空港内のNレンタカーの営業所長宛に礼状を書いた。

〈先日、友人の戸田恵と二人で、そちらでニッサン・スカイラインGTをお借りした者です。大事な車なのに、私の運転が未熟なため、湯布院でコンクリートの電柱にぶつけてしまい、大破させてしまいました。

誠に、申しわけないことを致しました。それにも拘《かかわ》らずお許し下さったと聞き、恐縮しております。いつか、お礼に参りたいと思います。

五月十五日　　　　　　十津川直子〉

自分が運転して、電柱にぶつけたように書いたのは、恵が自分の身代わりになってくれようとしたことへの、お礼のつもりからだった。

翌十六日、外出した際、この手紙を投函《とうかん》した。

その後、しばらくは、時々、事件のことを思い出して落ち着けなかったが、月が変わって六月になると、やっと落ち着いて来たし、よく眠れるようになった。

事件のことも、思い出さなくなった。

4

六月二日のことだった。

午後三時頃、突然、一人の男が直子を訪ねて来た。

　もちろん、夫の十津川は、出勤して不在だった。

　五十歳ぐらいの、ずんぐりした身体つきの男で、インターホンが鳴ったので、直子が顔を出すと、

「十津川直子さんですね？」

　と、汗をふきながら、いった。

「ええ」

　直子が肯《うなず》くと、男は一枚の名刺を取り出して、彼女に渡した。

〈熊本弁護士会　　弁護士　太刀川誠《たちかわまこと》〉

　と、あった。

「弁護士さん」

「そうです。熊本に住んでおります。ずいぶん探しましたよ」

　と、相手は、またハンカチで顔の汗をふく。相当な汗かきらしい。

「何のご用でしょうか？」

　直子が、きくと、

「こういう所では、ちょっと」

「じゃあ、お入り下さい」

　直子は相手を居間に案内し、取りあえずコーヒーを出した。

「何のご用でしょうか？　弁護士さんに、差し当って用はないつもりですけど」

「実は、私は、原文彦という男の弁護士でしてね」

「原――？」

　どこかで聞いたような名前だなと思ったが、思い出せない。

「熊本市内で建設関係の仕事をしている、二十三歳の若い男なんです」

（ああ）

　と、思った。新聞に出ていた男だ。

　国道57号線で、人をはねたと自首して出た人間だった。

また、あの夜の出来事が、よみがえってきた。

　しかし、もちろん、そんなことはおくびにも出さず、

「その人と私が、どんな関係があるんでしょう？」

「五月十二日の夜、国道57号線の立野近くで、身元不明の男性が車にはねられ、水田に落ちて死亡したという事件があるのです。原文彦は、自分がはねたと思って自首したのですが、私が調べてみると、どうも違うようなのですよ」

「でも、その人は、自分がはねたと自首したんでしょう？」

「ええ」

「それなら、問題ないじゃありませんか？」

「確かに、原は、はねているんです。しかし、彼は死体をはねたと、私は見ているんです」

「死体をはねたって、どういうことなんです？」

「つまり、原の前に、他の車が身元不明の男をひき殺したということなんです。その直後に、原の車が死体をはね飛ばしたのです」

「でも、どうしてそんなことが、わかるんですか？」

「まず、死体の背広に、くっきりと車のタイヤの痕がついているんですが、そのタイヤ痕《こん》と原の車のタイヤ痕が、一致せんのですよ。現場には急ブレーキの痕がついているんですが、そのタイヤ痕も、原の車と一致しないのです」

　と、弁護士の太刀川は、いう。

「それで、どうなさったの？」

　と、直子は、きいた。

「死体の背広についていたタイヤ痕について、調べました。徹底的に、調べました。どうも、ニッサン・スカイラインGTがつけているタイヤらしいとわかりました。原が運転していたのは、トヨタのライトバンで、今、申し上げたように、タイヤ痕が一

致しないのですよ」

「でも、ニッサン・スカイラインという車は、いくらでも走っているでしょう？」

直子は、緊張した顔で、きいた。

「スカイラインＧＴです」

「同じことでしょう？」

直子は、突っけんどんに、きいた。

「いや、使用しているタイヤが違うのですよ。地元の警察は、原文彦を犯人と決めつけているので、うちの事務所の人間二人を使って、聞き込みをやりました」

「――」

「なかなか、それらしい車を特定できなかったんですが、うちの加藤《かとう》という弁護士が、耳よりな話を聞き込んで来たのです」

「どんな話です？」

「熊本空港で、ニッサン・スカイラインＧＴをレンタルした人間がいたという話です。それだけではありません。その人物は、レンタルしたその車で、栃木温泉と熊本市内を、夜、往復したこともわかってきました」

「――」

「男がはねられたのが、夜の十時四十分頃ですから、時刻もぴったりなのです」

「それで？」

「しかも、このスカイラインＧＴは、なぜか、翌日、レンタルした人間がコンクリートの電柱にぶつけて、フロントを大破してしまっていたのです」

「――」

だんだん、直子の口数が少なくなってくる。

「それで、私は、こう考えました。熊本空港で、ニッサン・スカイラインＧＴを借りた人間が、五月十二日の夜、国道57号線で男をひき殺した。その直後に、原のトヨタのライトバンが、死体を水田まではね飛ばした。男をひき殺したスカイラインGTは、当然、フロントに傷がついている。それを隠すために、コンクリートの電柱に激突させ、フロントをめちゃめちゃにしてしまったのです」

太刀川は、わざとのように、ゆっくりゆっくり喋《しゃべ》る。

直子の方が、じれて、かっとなった。

「思わせぶりな話し方をしないで、ズバリと結論をいいなさいよ」

「それでは、ズバリと申し上げましょう。レンタカーの営業所と栃木温泉を聞き廻って、問題のスカイラインGTを借りた人がわかりました。二人の女性です。つまり、十津川直子さん、あなたと、あなたの友人の戸田恵さんです。やっと、あなたに辿《たど》りつきました」

「私と恵さんが、車でひいたという証拠があるんですか？」

と、直子は、きいた。

「あります」

「見せて下さいな」

「今いった、死体の上衣《うわぎ》についていたタイヤ痕と、あなたがぶつけてこわしたスカイラインGTのフェンダーに附着していた、死体の上衣のセンイですよ」

「――――」

「それに、これも手に入れました」

太刀川は、ポケットからコピーを取り出して、直子に見せた。

（あッ）

と、直子は、思った。

彼女が、レンタカーの営業所長に書いた、礼状のコピーである。

「あなたの筆跡に、間違いありませんね？」

勝ち誇ったように、太刀川は、いった。

「ええ」

「これには、お友だちの戸田恵さんと二人でスカイラインGTを借りたと、書いてある。それより重要なのは、自分がコンクリートの電柱にぶつけて、車のフロントをめちゃめちゃにこわしたと、書いてある点ですよ。あなたは、証拠かくしをやったと自供しているんだ」

と、太刀川は、いった。

「恵さんだって、同じような礼状を、営業所長さんに出してある筈だけど――」

「もちろん、ありましたよ。自分の名前でスカイラインGTを借りたと、書いてありましたよ。しかし、自分がコンクリートの電柱にぶつけたとは、書いてありません。こうした点から、私は、あなたが主犯で、戸田恵さんは従犯と考えています」

「私を、どうなさるつもりなんです？」

直子は、相手を睨んだ。


「出来れば、自首して頂《いただ》きたいのです。国道57号線で、男をひき殺したのは私です、とですよ」

と、太刀川がいったとき、彼のポケットで、携帯電話が鳴った。

太刀川は、「失礼します」といって、部屋を出て行った。

玄関で、何か喋っているようだったが、二、三分して部屋に戻ってくると、

「熊本の私の事務所の人間からの電話でしたが、死んだ男の身元がわかったそうです。東京都杉並《すぎなみ》区の、伊知地《いちじ》三郎《さぶろう》という三十五歳の男だそうです」

「私の知らない人ですわ。当たり前ですけど」

「本当に、ご存知ありませんか？」

「知る筈がないでしょう！」

「バツイチの男でしてね。若い時は、銀座でホストをやっていた。そのホストクラブのナンバーワンだったという話です」

「私ね、ホストクラブに遊びに行ったことはありませんわ」

「いや、もうホストはやっていませんでした。六本木《ろっぽんぎ》の、高級クラブのオーナーでした。ボーイに美男子を揃えているので、女性客に人気があるんですよ。Rというのが店の名前です」

「私に、関係ありません。だらだらと、私に関係のないことをいっていらっしゃるけど、何なんですか？」

直子は、また相手を睨んだ。

「そうですか。ひょっとして、十津川さんがご存知の方かと思いましてね。何しろ同じ東京の人ですし、たまたまだと思いますが、伊知地という被害者も、同じ時に栃木温泉に来ているんです」

「私の知ったことじゃないわ」

だんだん、直子の言葉遣いも乱暴になっていく。

「もう一つ奇妙なのは、夜十時過ぎという遅い時刻に、伊知地が、なぜ立野近くにいたかということなんです。栃木温泉から現地まで、かなり離れていますからね」

「いいかげんにして、帰って頂けません？　全て私に関係のないことなんですから」

と、直子は、いった。

「それでは、これで失礼しますが、これから困ったことになりますよ」

「何のことを、おっしゃってるの？」

「私が、自分が調べたことを、熊本県警に報告したんです。犯人は原文彦ではないということをです。最初は、全く相手にされませんでしたが、やっと、ここに来て、耳を傾けてくれるようになったんです。向こうの刑事が、ここや戸田恵さんのところに、事情聴取にやって来ますよ。十津川さんのご主人は、本庁の警部さんでしょう。その奥さんが人身事故を起こしたということになると、まずいことになるんじゃありませんか。しかも、逃げたということになると、ご主人も、責任をとって辞職せざるを得なくなるのと違いますか？　ああ、わかっています。もう、失礼します」

と、相手は、腰を上げた。

5

直子は、呆然《ぼうぜん》として、しばらくソファから腰を上げられなかった。

それでも、五、六分すると、電話に手を伸ばした。

戸田恵に、かけた。

直子が、太刀川という弁護士が来たことを告げると、

「やっぱり、あなたの所にも行ったの？」

と、甲高《かんだか》い声を、あげた。

「恵さんの所にも？」

「ええ。うちに、先に来たのよ。ねちねちした喋り方で、あなた方お二人が、五月十二日の夜、国道57号線で、人をひき殺したことは間違いないんだと、いってたわ」

「私にも、同じことをいってたわ」

「自首した原とかいう男は、そのあとではねたって、いうんでしょう？」

「ええ」

「めちゃくちゃになったスカイラインGTを見つけたとか、死体の上衣に、その車のタイヤ痕がはっきりついていたとか、あたしには、いってたわ」

「私にも、同じことを、いってた」

「向こうの警察も動き出したとも、いってたんじゃない？」

「そうなの」

「でも、大丈夫よ。あの時、車を運転してたのはあ

たしだって、いっておくから。あたしの名前で借りた車なんだから」

「そんなこと、出来ないわ。あの時、私が代わって車を運転してたんだから」

　あわてて、直子は、いった。

「駄目！」

　と、恵は、叱りつけるようにいった。

「あなたのご主人は、警視庁の現職の刑事さんなのよ。あなたがひき逃げで逮捕されたりしたら、警視庁を辞めなければならなくなるわよ」

「でも、あなたのご主人だって、偉い社長さんなんでしょう？」

「こういう時は、ワンマン社長は、便利なの。上に誰もいないんだから、あたしが捕《つか》まったって、平気な顔をしてると思うわ。社員だって、社長が怖いから何にもいわない筈。それに、お金持だから、いい弁護士を何人もつけてくれると思うの」

「でも、そんなことをしたら、私は、自分が許せなくなるわ」

「いいこと。大学時代、あたしの代わりにノートをとってくれたこともあるし、試験の時、答案を、危険をおかして見せてくれたこともあったじゃないの。その恩返しよ」

　と、恵は、いう。

「次元が、違うわ」

　と、直子は、いった。

「いいこと。あの時、車を運転してたのは、あたしなの。それは、忘れないでね」

「でも、レンタカーの営業所長への礼状で、コンクリートの電柱に車をぶつけて、めちゃめちゃにしたのは私だと、書いてしまったわ」

「バカね」

　と、恵は、いってから、

「いいわ。こうしましょう。あなたは、あたしをかばうつもりで嘘《うそ》をついた。それで、いきましょう。わかったわね。もし自分がひいたなんていったら、絶交よ」

「――――」

直子は、何もいえなくて、黙ってしまった。

電話を切ったが、気持は決まらなかった。あの時、スカイラインGTを運転していたのは、自分なのだ。

そして、あの、ガクンというショック。あれは、今でも、鮮明に記憶に残っている。

それを、どうして、友人のせいに出来るだろうか?

ただ、直子が迷ってしまうのは、夫のことがあるからだった。

夫にとって、刑事の仕事は、生甲斐《いきがい》どころか、彼の人生、生き方そのものなのだ。

刑事以外の彼を想像することなど、直子には、考えられなかった。

それに、警察官の日常は、厳しく規制されている。

もし、直子がひき逃げで逮捕されることになったら、夫は、辞めるようにいわれる前に、自分から辞表を出してしまうだろう。

それは、夫に、死ねというようなものだ。だから、それだけは、何としてでも防ぐ必要がある。

事が事だけに、夫に相談することも出来なかった。

夫に黙っているのは、辛《つら》かった。自然と、沈黙が多くなってしまう。

「どうしたの?」

と、十津川は、心配そうに、直子の顔をのぞき込む。

「君が、そんなふうに黙っているなんて、おかしいよ。身体がどこか、悪いんじゃないのか?」

「ちょっと、頭痛がするの。それだけ」

「駄目だ。すぐ、寝なさい」

と、十津川は、叱るように、いった。

翌日の午後、恐れていることが現実となった。

二人の男が、訪ねて来たのだ。直子には、彼等が刑事だと、すぐわかった。

二人は、警察手帳を見せた。やはり熊本県警の刑事で、大木《おおき》と辻《つじ》と、名乗った。

直子は、居間に通し、固い表情で、

「何のご用でしょうか？」

と、きいた。

この時もまだ、正直に自分が運転していたというべきなのか、恵の好意に甘えるべきなのか、決心がつきかねていた。

年輩《ねんぱい》らしい大木刑事は、ゆっくりと居間を見廻してから、

「知らなかったんですが、ご主人は本庁の捜査一課の警部と聞いて、びっくりしました」

「ええ」

直子は、短かく肯《うなず》いて、

「でも、私自身は、主人が何の仕事をしていようと関係ありませんわ」

「それで、今日伺《うかが》った用件ですが、戸田恵さんをご存知ですね？」

と、大木は、いう。

「ええ。親友です」

「残念なことを、お伝えしなければならないんですが、われわれは、その戸田恵さんを、熊本県下で起きたひき逃げ事件の容疑者として、逮捕せざるを得なくなりましてね」

「それは――」

直子がいいかけると、大木は手で制して、

「わかっています。その時、十津川さんも、彼女と一緒だったというんでしょう？　それは、戸田恵さ

んから詳しく話を聞いています」

「彼女は、何といってるんです？」

「正直に、全て話して頂きましたよ。お二人で阿蘇へ旅行した。栃木温泉に泊まり、五月十二日の夜、レンタカーを飛ばして熊本市内に飲みに行き、その帰りに、国道57号線で人をはねてしまった。その時、車を運転していたのは、戸田恵さんでしたね。あなたにいわれて車をおりたのだが、死体が見つからなかったので、そのまま栃木温泉の旅館に帰ってしまった。その後、原文彦という青年が、自分がはねたと自首して来たので、戸田恵さんは、あれは気のせいだったと自分にいい聞かせたと、いっています」

大木は、たんたんと話す。

「それだけですか？」

と、直子はきいた。のどが、渇《かわ》いてきた。

「もう一つ、車のスカイラインGTを、わざとコンクリートの電柱にぶつけて、フロントをこわしたと、いっていました」

「あれは、私がぶつけたんです！」

直子は、叫ぶように、いった。

辻という刑事が、「まあ、まあ」と直子を手で制して、

「戸田恵さんは、そのことについても、こういっていましたよ。きっと、十津川直子さんは、自分が電柱にぶつけたというだろうが、それは、あたしをかばって嘘をついているのだから、絶対に取りあわないでくれ、とですよ」

「これから、どうなるんでしょうか？」

「戸田恵さんは、過失致死容疑で逮捕して、熊本に連行します」

「連行？」

「仕方がありません」

「私は？」

「十津川さんは、最初、共犯かなと思っていたんですが、違うことがわかってほっとしました。これからは、何回か補足の証言をして頂くことがあるかと思いますが、その時は、また伺いますよ。今回の事件では、それだけですむ筈です」

と、大木刑事はいい、「失礼します」といって、同僚の辻刑事と腰を上げた。

6

二人の刑事が帰ったあと、直子は深い溜息をついた。

(このままではいけない)

その言葉が、繰り返し、直子の頭をかけめぐっている。

決心がついて、直子は立ち上がった。

直子は、離婚届の用紙を手に入れると、自分の名前を書き、印を押した。

あとは夫が書き込むだけにして、机の上に置いた。

次に、便箋を取り出した。

今回の事件を、東京を出発するところから、細大洩らさず克明に書いていった。

特に、五月十二日の夜、国道57号線で事故を起こした時の模様は、詳しく書いた。

この時は、自分が戸田恵に代わって運転していたことは、正直に書いた。

事故について書き記したあと、最後に、これから熊本に行かなければならない理由を書いた。

〈このまま、戸田恵さんをひき逃げの犯人にして、私がのうのうと暮らしていったら、多分、私は、自己嫌悪から自殺してしまうと思います。

だから、私は、これから熊本へ行き、向こうの警察に全てを話します。これは、戸田恵さんのためというより、私自身のためなんです。それをわかって下さい。

ただ、私がひき逃げ犯として逮捕されれば、あなたに迷惑をかけることは、間違いありません。刑事の妻が過失致死で逮捕され、前科者になったというのでは、どうしようもありませんものね。

だから、机の上に、離婚届を用意しておきました。すぐ、これを、区役所に届けて下さい。

直子〉

十津川は、その夜、練馬《ねりま》区で起きた殺人事件の捜査のため、おそくなって帰宅した。

妻の直子の姿はなく、代わりに置手紙があった。

それに、眼を通す。不思議と驚かなかったのは、旅行から帰って来た直子の様子がおかしいと、思っていたからである。


十津川は離婚届を破り捨てると、亀井《かめい》にだけ、電話で事情を説明し、翌朝、一番の飛行機で熊本に向かった。

熊本県警の捜査本部に行き、今回の事件を担当する、倉田《くらた》という警部に会った。

「おいでになると、思っていましたよ」

と、倉田は、いった。

「家内は、どうしています?」

と、十津川は、きいた。

「昨日、こちらに見えて、全てを話して頂きました。さすがに、立派な方ですな。感服しました」

「全てを話したということは、自分が車を運転して、男をひき殺したと認めたということですか?」

「そうです。最初、レンタカーを借りた戸田恵の自供を信じていたのですが、十津川さんの奥さんの話で、その時、運転を交代していたことが、わかりました。戸田恵は、親友のために、自分が罪をかぶる気だったんですね。美しい友情ですが、事実をゆがめることは出来ません」

「検証をさせて頂けませんか」

と、十津川は、頼んだ。

「検証——ですか？」

「被害者の上衣に、くっきりとタイヤの痕がついていて、それが、家内たちがレンタルしたスカイラインGTのタイヤ痕だというわけでしょう。それを、見せて頂きたいのですよ」

「それなら、どうぞ」

倉田は、十津川を、別室に案内した。テーブルが並べられ、その上に、被害者伊知地三郎の背広や、腕時計、財布などが置かれている。

その上衣には、確かに、くっきりと車のタイヤの痕がついていた。

「こちらが、問題の車のタイヤです」

と、倉田は、部屋の隅にあった一本のタイヤを運んで来て、テーブルの上に置いた。

「前輪右のタイヤです。ぴったりと一致しています」

「家内の運転するスカイラインGTが、まず、ひき、次に、他の車がはねたということですね？」

「そう見ています」

「その車のタイヤ痕は、ついていませんね？」

「いや、かすかについています」

と、倉田は、その部分を指さしてから、

「こちらは、ひいたのではなく、はねましたから、はっきりした痕は一カ所にしかついていません」

「おかしいな」

「何がですか？」

「スカイラインGTがひいて、死なせたわけでしょう？　死んだのであれば、道路に横たわっていたと思いますね。そうなら、また、ひくんじゃありませんか？　はね飛ばすというのは、おかしいと思いますが」

　と、十津川は、いった。

「その点は、われわれも不思議に思いました。死体を解剖したところ、胃の中から、多量のアルコール分が見つかりました。多分、彼は、酔っ払って道路に俯《うつぶ》せに寝てしまったのではないか。そこをスカイラインGTにひかれたと、考えました。死因が、胸部圧迫ということが、それを示しています。その直後、身体がエビのように硬直したのではないか。そのくの字型に、曲がった。そこで、次の車がはね飛ばした。それで、横腹に、その車のタイヤ痕がついた。そう解釈したわけです。医者も、合理的な解釈だといっています」

「なるほど」

「道路自体が暗いですから、道路脇の水田は、なお暗い。それで、翌朝まで発見されなかったんだと思っています」

「家内と戸田恵さんは、ひいた直後、車から降りて懐中電灯をつけて調べたが、死体は見つからなかったと、書いているんですが」

「その点は、十津川さんの奥さんに、何回も聞いてみました。奥さんは、確かに、車から降りて二人で調べたが、今から考えると、気が動転していたし怖かったので、じっくり調べたとは思えないというのです。それに、小さな懐中電灯ですから、明るさもタカが知れています。見落としたとしても、おかしくは、ありません」

　と、倉田は、いった。

　十津川は、県警のパトカーに乗せて貰って、国道57号線の現場に出かけた。

　昼間なので、夜の暗さはわからない。ただ、直子が、急ブレーキをかけた時のブレーキ痕は、ついている。

　道路脇の水田も、のぞき込んだ。すでに、苗がかなり育って、青々として見える。

　被害者がはね飛ばされて落ちたあたりは、苗が倒れて、人が落ちた痕が、穴になっている。

　そこを、十津川は、何枚かデジタルカメラで撮ってから、次に、直子たちが泊まった、栃木温泉の旅館に向かった。

　旅館で、話を聞く。

「熊本市内に飲みに行かれて、帰って来られてからは、どうも、様子が変でしたね。普通、お休みになる前に温泉に入られるんですが、そんなご様子もありませんでした」

　と、仲居《なかい》が、いう。

　駐車場の係の若い男は、こう、いった。

「スカイラインGTですが、事故を起こしたとは気付きませんでした。フロントが、こわれていませんでしたからね。あとで、はねたのではなく、寝ている男の人の上に乗りあげたんだと聞いて、それでかと納得したんですが」

「フロント部分が、こわれていなかった？」

「ええ。もちろん、詳しく調べれば、多少の破損はあったとは思いますが、その時は、事故のことはぜんぜん知りませんでしたから」

　と、相手は、いった。

　今となっては、その時の車の状態がどんなだったかは、わからない。何しろ、事故車であることをかくすために、戸田恵が、わざとコンクリートの電柱に車をぶつけて、フロントをめちゃくちゃにしてしまったからである。

　十津川は、同じ旅館に泊まり、デジタルカメラで撮った事故現場の写真を見直した。

　午後十時を過ぎると、タクシーを呼んで貰い、現場まで行ってみた。

　そこで、車から降りてみる。

　なるほど、街灯はなく、真っ暗である。車のライトが、唯一の明りである。

「夜、熊本市内まで飲みに行くのなら、この道をよく知ってる地元のタクシーを呼んだ方がいいね。素人《しろうと》が、レンタカーで行ったの？　よく、田んぼに突っ込まなかったねえ」

タクシーの運転手は、そういって、笑った。

だが、直子は友人と、レンタカーで熊本市内まで飲みに行ったのだ。そして、事故を起こした。

十津川は、タクシーに熊本市内まで行って貰い、二人が飲んだという店を訪ねた。

店のママに、会う。

「戸田恵さんとは、高校時代のお友だちだそうですね？」

十津川がきくと、ママはニッコリして、

「そうなんですよ。高校時代の親友です」

「卒業後も、よく会っているんですか？」

「いいえ。あたしがこっちへ来てからは、めったに会えません。先日は、三年ぶりかしら」

「戸田さんが栃木温泉に来ていることは、どうして知っていたんですか？」

「どうしてって、彼女が、五月十二日に栃木温泉へ友だちと行くことになった。時間があれば熊本市内のこの店へ飲みに行くと、いってくれたんですよ。前日の午後でしたかしら。電話でね」

「それで、電話した？」

「ええ。午後七時頃、電話してくれれば、行けるかどうかわかるからって」

「彼女、携帯電話を持っていましたか？　この店へ来た時ですが」

「確か、持っていましたよ」

と、ママは、いう。

「その携帯を、使いました？」

「ええ。帰る時間を旅館に知らせるといって、店の外で電話していましたけど」

「店の外で？」

「ええ。他のお客に、気を使ったんだと思いますわ」

「そのあと、すぐ帰ったんですね？」

「ええ」

と、ママは、肯く。

「店の外で電話していたのは、どのくらいですか？何分くらいですか？」

と、十津川は、きいた。

「さあ。何分くらいだったかしら。なかなか、かからなかったといってましたけど」

と、ママは、いった。

十津川は、最後に、死んだ伊知地が泊まっていた、栃木温泉の旅館に向かった。

直子たちが泊まっていた旅館とは、一〇〇メートルと離れていなかった。

女将《おかみ》と仲居に会って、伊知地の話を聞いた。

女将は、こんなことになって当惑していますといった。

「ひとりで、伊知地さんは、来たんですね？」

「そうです。おひとりでした」

「前に見えたことは？」

「ありませんわ」

と、女将は、いう。

次に、仲居が、十津川の質問に答えた。

「夕食のあと、お酒を飲みながら、電話をお待ちになっているようでした」

「電話？」

「はい。携帯電話を、ちらちら見ていらっしゃいましたから」

「自分の方からはかけなかったんですか？」

「それは、わかりません。ずっと、お傍《そば》にいたわけじゃありませんから」

と、仲居は、いう。

「夜、出かけたわけですね？」

「迎えの車が来たんです」

「何時頃です」

「十時頃だったと思います。急に階下《した》におりていらっしゃったんです。丁度、玄関の所でお会いしたんで、お出かけですかと聞いたら、迎えの車が来たので熊本市内で飲んで来るとおっしゃって、お出かけになったんです」

「その車を見ましたか？」

「ちらっとだけですけど、道路の向こう側に、とまっていました」

「なぜ、玄関に横付けしなかったんですかね？」

「それはわかりませんけど、黒っぽい車でした。それに乗って、お出かけになったんです」

「その車に乗っていたのは、男ですか？　それとも、女？」

「わかりません。道路の向こう側でしたから」

「その時、伊知地さんは、携帯電話を持って外出したんですか？」

「ええ。部屋には、ありませんでしたから」

と、仲居は、いった。

7

何かが、わかったような気もした。が、それが、また消えていくような気もした。

死んだ伊知地という男については、新聞にものっていた。

元ホストで、人気があり、死亡時はクラブの経営者だった。華《はな》やかな人生を送って来た人間といえるだろう。

十津川は、旅館に戻ると、東京の亀井刑事に電話をかけた。

「伊知地という男について、調べて欲しい。阿蘇で、車にひかれて死んだ男だ」

「わかりました。警部は、大丈夫ですか？」

「大丈夫だよ」

とだけ、十津川はいい、短かい電話を終えた。

翌日、十津川は、再び熊本市内の捜査本部に顔を出した。

留置されている直子に会いたかったが、今は我慢することにした。自分なりの結論を見つけてから、会いたかったのだ。

中庭には、フロント部分に傷のついた車がとめてあった。白のトヨタのライトバンだった。

「あれが、原文彦の車ですね？」

と、十津川は、倉田に、きいた。

「今日中に、彼が取りに来ることになっています。彼の無罪が、証明されたので」

と、倉田はいい、眼を動かして、

「来たようです」

二十代の男が歩いて来て、倉田に「お世話になりました」とあいさつし、問題の車に乗り込んだ。

それを見て、十津川は、とっさに倉田に「失礼します」といって、トヨタのライトバンの助手席に飛び込んだ。

エンジンをかけたまま、原はびっくりして十津川を見た。

「何するんだ！」

「君に聞きたいことがある。車を走らせながら、話したい」

十津川は、警察手帳を相手に示して、いった。

原は、車をスタートさせた。

「何処《どこ》へ行くんです？」

「適当に走らせたらいい。いや、国道57号線を、阿蘇に向かって走って貰いたい」

と、十津川は、いった。

原は、肯き、市内を抜けて、国道57号線を阿蘇に向かった。

十津川は、じっと黙っている。原の方が、我慢しきれなくなったように、

「おれに、何を聞きたいんです？」

「君が、この車で、伊知地をはね飛ばしたんだね？」

「そう思って、自首して出たんですよ。ところが、死体をはねたとわかって、こうして釈放です。良かったと、思ってますよ。弁護士先生と警察に、感謝しなきゃあね」

「死体をはねた時だが、どのくらいのスピードを出していたんだ？」

「八〇キロは出ていたと思いますね。夜中で、交通量が少なかったから」

「じゃあ、時速八〇キロで、死体をはね飛ばしたんだな？」

「そういうことですけど、いっておきますが、あくまでも死体ですよ」

「どのくらい、すっ飛んだんだ？」

「一〇メートルは、飛んだんじゃないかな。すぐ、はねたなってわかったんだけど、怖くて逃げたんです」

「一〇メートルね」

十津川は肯いたが、それきり黙ってしまった。

事故現場に、着いた。

「降りてくれ」

と、十津川は、いった。

二人は、車から降りる。十津川は、道路の端まで歩いて行き、水田に眼をおとした。

「ここに、伊知地の死体が落ちていた。水田に、凹《へこ》みが出来ていた」

と、原も、いった。

「おかしいとは、思わないか？」

「何がです？」

「道路に、タイヤの痕が見えるだろう。急ブレーキの痕だ」

「おれのじゃありませんよ。あれは、真犯人がひき殺して、あわてて急ブレーキをかけたんだ。おれは、そのまま逃げちゃったから」

「そうだ。あれは、私の家内がひいたと思って、あわてて急ブレーキをかけた、その痕だ」

「あんたの奥さんだったのか。奥さんを助けようと思ったって、無理だよ。おれが先にはねたら、死体はその時点で水田に落ちてしまって、奥さんの車はひくことは出来ない。あんたの奥さんが、まずひき殺して、そのあと、おれがはねて、初めて二つの事故が成り立つんだからな」

「そんなことを、いってるんじゃない。あの急ブレーキの痕が、何処から始まっているか、しっかり見るんだ。この水田の凹みと、ほとんど並行の位置だ。家内は、あの急ブレーキの痕が始まる直前で、ひいたことになる。そうだろう？　そのあと君は、死体をはねたという。一〇メートルは飛んだといったが、一メートルも飛んでいないじゃないか。どうなんだ？」

十津川が、きく。

初めて、原の顔に、動揺の色が浮かんだ。

「そんなこと、おれは知らないよ。おれは、事実をいっただけなんだから」

「そこに、立っていてくれ」

「何です？」

「そこに、立っているんだ！」

十津川は強い口調でいい、水田の縁《ふち》に立たせると、自分は急ブレーキの痕の端まで歩いて行き、そこから、原に向き合うかたちで、デジタルカメラで写真を何枚も撮った。

8

翌日、十津川は、もう一度、県警の捜査本部に足を運び、改めて、伊知地の背広、特に上衣を見せて貰った。

裏を返して、用意してきた虫メガネで調べ始めた。

倉田警部が、変な顔をして、

「上衣の表にひかれた時のタイヤ痕がついてるんで、裏は意味がありませんよ」

「それは、わかっています」

「裏に泥がついているのは、水田に落ちたからです」

「それも、わかっています」

と、十津川は、なおも虫メガネで見ていたが、やがて、糸クズみたいなものをつまみあげた。

「ワラですね」

「ワラ？」

「落下した水田は、まだ青々としているから、ワラがつく筈はない」

「そうですよ。おかしいな。何処で、ついたんだろう？」

と、倉田は、首をひねる。

「伊知地は、元ナンバーワンホストで、洒落《しゃれ》たクラブのオーナーでした。汚れた下着を身につけている筈がありません」

「そうです。ワイシャツも、純白の絹でした」

「だが、このワラが、上衣の裏についていました。もう一本、袖《そで》の裏側にもついています」

十津川は、それをつまみあげて、倉田に見せた。

「おかしいな」

と、倉田は、繰り返している。

「こちらでも、ビニール袋にきちんと入れて保管していますから、ワラが、二本も付着する筈がないんです」

「死んだ伊知地ですが、五月十二日、泊まっていた栃木温泉の旅館から、誰かに呼び出され、午後十時頃、迎えの車で外出しています」

「それは、私も調べましたよ。これが、殺人事件なら重視しなければならないことだと思います。しかし、今回の事件は、事故なんです。それとも、十津川さんの奥さんと死んだ伊知地とは、知り合いですか？」

「いや。それは、ありません」

「それなら、伊知地が、当日どんな行動をとっていても、関係はないんじゃありませんか？　とにかく彼は、泥酔して国道57号線上で眠ってしまい、たまたま、十津川さんの奥さんの運転するスカイラインGTが、ひいてしまったんです。それだけの話です」

と、倉田は、いった。

「家内が犯人でなかったら、どういうことになりますかね？」

「お気持はわかりますが、奥さんは自分で出頭して来られて、五月十二日の夜、国道57号線で人をひいたと、いわれたんですよ。それでも十津川さんは、奥さんを犯人ではないと、いわれるんですか？」

「全てが、企《たくら》まれたことではないかと、思っているんですよ」

と、十津川は、いった。

「誰が、何を企んだというのですか？」

「また明日来ますが、その時には、何かわかっていると思います。それで、お願いがあるのですが」

「どんなことですか？」

「原文彦という男のことを、調べて欲しいのですよ」

「調べましたよ」

「しかし、事故を起こした犯人でないことになってからは、捜査は中止しているでしょう？」

「それは、まあ、意味がありませんから」

「そこを、もう一度、捜査して欲しいのです。特に最近の彼の経済状態です。それに交友関係」

と、十津川は、いった。

「調べておきますが――」

倉田は、ぶぜんとした顔で、いった。

十津川は、彼が何を考えているか、手に取るようにわかった。

(本庁の警部か何か知らないが、自分の女房がひき逃げ犯となったので、やみくもに無罪にしようとしているが、そうはいくものか)

だが、十津川は別に、そのことに腹は立たなかった。

十津川が逆の立場でも、多分、同じことを考えたに違いないからである。


翌日、夕方になってから、十津川は、四度《たび》、捜査本部を訪ねた。

今日は、十津川は、微笑していた。

「昨日から今日にかけて、いろいろなことがわかりました」

と、まず、倉田に、いった。

「何が、わかったんですか？」

倉田が、眉をひそめて、きいた。

「死んだ伊知地という男について、警視庁にいる刑事に、調べて貰いました。それによると、伊知地は、六本木で高級クラブをやっていましたが、放漫経営がたたってピンチになっていました。伊知地のぜいたく過ぎる生活が、その原因です。そこで、何を考えたか。元ナンバーワンホストの伊知地は、女をたらし込んで、金を手に入れることを考えたと思われます。資産家の男と再婚した戸田恵は、夫の優しさをいいことに、伊知地の店へ来て、よく遊んでいたようです。そこで、伊知地は、彼女に金を要求し、ノーといえば全て彼女の夫にバラすと脅《おど》したのです」

「それで、どうなったんですか？」

「彼女は、ここまで来て、今の生活を失うことに、恐怖を感じたのだと思いますね。浮気を咎《とが》められて離婚されたら、無一文で放り出されてしまうことになります。といって、伊知地の要求にも応じられない。そこで、伊知地を殺すことを考えたわけです。東京で殺したのでは、自分が疑われる。そこで、友人がクラブのママをやっている熊本を、犯行の現場に選んだのです」

「――」

倉田は、まだ半信半疑《はんしんはんぎ》の表情で、聞いている感じだった。

「彼女は、人目につきたくないから、旅先の、九州の阿蘇の栃木温泉で金を渡すと、伊知地に持ちかけたに違いありません。彼にしてみれば、のどから手が出るほど欲しい金だから、一も二もなく同意して、一人で栃木温泉にやって来ます。そして、彼女の連絡を待ちます。一方、彼女は、伊知地を殺してくれる人間を金で傭《やと》います。一人は多分、原文彦で、もう一人は女だと思いますね。金で、何でも引き受ける若いカップルだと思います。そうしておいて、戸田恵は、私の家内を誘って阿蘇へ旅行に出かけました。そして、計画に従って行動したのです。レンタカーを借りて、五月十二日の夜、熊本市内に飲みに出かける。午後十時に、彼女は、栃木温泉にいる伊知地に携帯で電話し、これから迎えの車を行かせるから、それに乗ってくれといった。もちろん、自分たちの泊まっている旅館にも、これから帰ると電話しました」

「――」

「原と女は、計画に従って、伊知地を迎えに行き、車に乗せて立野まで連れて行ってから、クロロフォルムでも嗅《か》がせて気絶させ、多分、鈍器で、胸を何度も強打して殺してしまったのです。その前に、多量のアルコールを、伊知地の胃袋に流し込んだと思います。そのあとが、この計画の白眉《はくび》です。二人は、伊知地の背広を脱がせ、用意しておいたワラ人形に着せて道路に寝かせ、それをひかせることを考えたわけです」

「どうして、そんな面倒なことをするんです。そのまま、伊知地の死体を道路に寝かせておいて、ひかせればいいじゃないですか?」

「それは、二つの点で危険です。第一、私の家内が運転して来て、死体に気付いて寸前でとまってしまったら、殺人事件の捜査が開始されてしまう。もう一つの危険は、ひいたとしても、死体を見たら、家内はすぐ一一〇番しますよ。そうなれば、その時、同じ車に乗っていた戸田恵と、ひかれた伊知地の関係も調べられる。原文彦が自首する必要があったんですよ。だから、間にクッションを置き、まず、原文彦が自首する必要があったんですよ」

「何となくわかりますが――」

「二人は、ワラ人形にヒモをつけておいたと思います。道路の端の暗がりにかくれて、そのヒモを持っていた。一方、戸田恵と私の家内は、スカイラインGTを運転して帰路に就《つ》く。立野に近づいたところで、運転を交代し、私の家内が運転します。原と女は、じっと、その車が近づくのを待つ。他の車が先に来たら、ヒモを引いてかわしてしまえばいい。そして、問題の車が来たら、直前にワラ人形を道路に引き出す。私の家内は避けることも出来ず、ワラ人形をひいてしまう。ところが、あわてて急ブレーキをかけ、車から降りたが、死体は見つからない。原たちが、ヒモを引いて、ワラ人形をかくしてしまったからです。私の家内と戸田恵は、旅館に戻る。次の日、原は、人をはねたといって出頭する。彼と死んだ伊知地とは何の関係もないから、単なる交通事故と思われる。そして、弁護士が現われ、原は死体をはねたので無実だということになる。あとは、予定通りです。ひき殺して逃げていたということで、私の家内は逮捕される。原というクッションがあったので、戸田恵と伊知地の関係は、誰も調べない」

十津川の説明が終わったあと、しばらく倉田は黙っていたが、やがて重い口を開いて、

「原文彦のことを調べましたよ。品田《しなだ》ユカという二十歳の彼女がいます。二人とも金に困っていたが、原が釈放されたあと、急に金廻りが良くなりました」

＊

「離婚届は、破ったよ」

「ありがとう。でも、いまだに信じられないわ。彼女は、必死になって、私をかばってくれたのよ。運転していたのは自分だと、嘘をついて。なぜ、私をかばってくれたのかしら？」

「簡単な心理学の応用さ。君という人間は、かばってくれればくれるほど、逆に、本当のことを口にして、自首したくなる。その上、かばってくれた彼女を、全く疑わなくなる」

「つまり、私がお人好しということね？」

「そうだな。私は、そんな君の人の好いところが、好きなんだ」

白い罠

初出＝「小説宝石」一九七九年四月号・五月号
収録書籍＝『十津川警部の事件簿』徳間文庫　二〇〇一年六月

1

会社の同僚の田口《たぐち》と青木《あおき》に、無理矢理の感じで誘われて、矢崎《やざき》は新宿《しんじゅく》のバーにつき合ったが、彼は、全くといっていいほど、酒が飲めないのである。

バーや酒場の雰囲気が好きで、ジュースやコーラで、結構楽しそうにつき合っている人もいるが、矢崎には、そんな芸当は出来なかった。

最初のうちこそ、どうにか、ホステスと話したり、ジュースを口に運んだりしていたが、一時間近くたつと、間《ま》が持てなくなって来た。

田口と青木はといえば、ここは、よく来る店らしく、酔って、ホステスをからかったり、胸元に手をやったり、楽しそうに騒いでいる。

まわりが騒げば騒ぐほど、一緒になって楽しむ人間もいるが、矢崎は、どちらかといえば、逆な性格である。それに、ジュースばかり飲んでいたのでは、騒ぐ気にもなれない。

所在がなくなって、何となく、トイレに立った。

用を足して、手を洗いながら、鏡を見ると、その中に映《うつ》っている自分の顔が、馬鹿に見えて仕方がなかった。

(早くサヨナラしたいが、今帰るといえば、からまれるだろうな)

田口はそれほどでもないが、青木は、酒ぐせが悪いと、会社でも評判の男である。そのうえ、大学で柔道部のキャプテンをやっていたというだけに、身長一八〇センチ、体重八十三キロの巨漢だから手に負えない。

(来るんじゃなかったな)

と、思いながら、トイレを出ると、ふっと、眼の前に、若い女の白い顔が浮かんだ。

矢崎たちの席についていたホステスの一人だっ

た。二十五、六で、ちょっと女優の大原麗子《おおはられいこ》に似た子である。

「お飲みになれないと、退屈でしょう?」

と、彼女が、ほほえみかけた。

「まあね」

「じゃあ、お帰りなさいな。向こうの二人は、もう酔っ払っているから、あなたが帰ってもわかりゃしないわ」

「いいかな?」

「かまうもんですか」と、女は、ニッコリ笑った。

「きかれたら、気分が悪くなったので、先に帰ったといっておきます」

「そうしてくれると助かるんだが」

「あたしも、今夜は早く帰ろうと思ってるの。だから、通りに出たところにあるスナックで、待っていて下さらない?」

「まだ看板までには、だいぶ時間があるじゃないか?」

「いいのよ。一時間以内に、スナックに行くから、必ず待っててね」

女は、もう一度、ニッコリ笑いかけると、田口や青木のいるテーブルに戻って行った。

矢崎は、こっそり店を出たが、女がいったことには、まだ、半信半疑《はんしんはんぎ》だった。どうも話が、うますぎるような気がしたからである。

バーやキャバレーで、ホステスが、今夜つき合うから、近くの寿司屋で待っていてくれという。よくある話だし、たいていは、馬鹿な客がすっぽかされるのだ。

さっきのホステスも、それかも知れない。バーに来て、ジュースばかり飲んでいる話せない客を、ちょっとからかったのだろうか。

大通りに出たところに、彼女がいったように、スナックがあった。

半信半疑のままに、矢崎は、その店に入って、軽い食事を注文した。やはり、ひょっとすると、来てくれるのではないかという助平根性《すけべい》が働くのだ。それに、矢崎は、独身で、家に帰っても、誰が待っていてくれるわけでもない。2DKの部屋は、真っ暗で、ベッドは冷え切っている。それなら、ここで夜食をとって、彼女が来なかったら、ソープランドで遊んで帰ることにしようと、思った。

十時まで待って、彼女が現われなかったら、あきらめてと思ったのだが、十時十二、三分前に、彼女が、息をはずませながら、入って来た。

「寒いと思ったら、雪が降って来たわ」

と、コートについた雪片を払いながら、矢崎の横に腰を下ろした。

「本当に来てくれたんだね」

と、矢崎は、胸がはずむのを覚えながらいった。

こんなとき、男は、馬鹿なことをいうものである。

「約束したじゃない」

女が、また笑った。

「何か食べる？」

「あまり食べたくないの。それより、これから、あたしの家に来ない？　家といっても小さなマンションだけど」

「いいのかな？」

「あんまり遠慮深いと、女が、がっかりするわよ」

「わかった。君のマンションを拝見に行こう」

矢崎は、女についてスナックを出た。

なるほど、暗い夜空から、粉雪が舞い落ちてきている。気温も、急に下がったようだ。三月末の雪というのは、最近の東京では、珍しかった。

女が、手をあげて、タクシーを止めた。

2

彼女のマンションは、車で甲州《こうしゅう》街道を十五、六分行ったところにあった。

十一階建の真新しいマンションで、エレベーターで、九階まであがった。

夜のマンションは、ひっそりと静まり返っている。

それが、彼女とのひそやかな楽しみを約束してくれているようで、矢崎は、寒さが気にならなかった。

908号室のドアを開けて中に入ると、女は、明りをつけ、

「すぐ、ヒーターをつけるから待っててね」

と、奥へ走り込んだ。

外が寒かったので、部屋の中は、別に寒いとは感じなかった。

矢崎のマンションより、少し広いくらいだが、こちらの方が真新しいし、何より、若い女の部屋らしく、整頓《せいとん》されているし、床に敷かれたじゅうたんでも、壁掛けでも華《はな》やかな色彩にあふれている。

ヒーターがつけられたらしく、温かい空気が、奥から流れて来た。

「お風呂に入るでしょう?」

と、奥から、女がきいた。

「いいねえ」

「じゃあ、お風呂の火をつけておいて下さらない? 水は入れてあるはずだから」

「いいよ」

矢崎は、浴室の明りをつけてから、中に入った。

花模様のタイルが、やはり、女の部屋の感じがする。彼女のいうように、水は入っていた。自動点火のスイッチをひねってから、

「まだ、君の名前を聞いてないんだが、教えてくれないか」

と、奥に向かっていった。

「高井由美子《たかいゆみこ》。お店では、ただユミコと呼ばれてるわ」

「僕は矢崎だ」

「ヤザキさん」

「弓矢の矢に、大崎《おおさき》の崎さ」

矢崎が、浴室を出ると、いつの間にか、ナイトガウンに着換えた高井由美子が、誘うような眼で、彼を見て、

「お風呂がわくまで、こたつにでも入っていましょうよ」

ベランダに面して、六畳の部屋が二つ並び、その片方が寝室、片方に、こたつが用意されていた。

矢崎は、喜んで、そのこたつに入れて貰《もら》った。

「お酒は――」と、由美子はいってから、急に、クスッと笑って、

「お飲みにならなかったんだわね。お茶をいれるわ」

「構わないで下さい」

「お茶ぐらいいれさせて」

由美子は、笑顔でいい、お茶と和菓子を持って、矢崎の横に入って来た。

こたつに入るとき、わざとか偶然か知らないが、ナイトガウンの裾《すそ》が大きくめくれあがって、白い太もものあたりまで、矢崎の視野に飛び込んできた。

若い矢崎には、強い刺激だった。それに、お茶をご馳走《ちそう》になるだけのために、ここまでついて来たわけではない。

女の方にも、その気があると思ったから、ついて来たのである。

こたつの中で、女の手に、そっと触れてみた。

由美子は、矢崎が、にぎりしめるままにさせなが

ら、

「柔らかい手ね。それに可愛らしいわ」

「いやなんだ」

「え?」

「僕は、手足が小さくてね、小さいときから男らしくないような気がして、いやなんだ」

「そんなことはないわ。今日、あなたと一緒に来たお友だちみたいに、大きすぎるのも、グロテスクよ」

「青木のこと?」

「ええ。馬鹿の何とかというでしょう?」

由美子は、おかしそうに、クスクス笑った。

「でも、あれで、なかなか、女にもてるんだ」

「そうなの?」

「頼もしそうに見えるのかな」

「もう一人のお友だちは、何といったかしら?」

「田口」

「あの人は、平凡な人みたいね」

「僕によく似ているんだ。酒好きの点は違うけどね。小柄だし、目立たないしね。いつだったか、靴をくらべてみたら同じ大きさなのさ。だから、きっと、あいつも、小さいとき、女の子みたいに可愛らしい手や足だといわれて、恥ずかしかったんだと思うよ」

「三人とも、仲のいいお友だちなんでしょう?」

「一応はね。でも、同時にライバルさ。最近は、サラリーマンの世界もきびしくなったからね」

矢崎は、冗談でなく、まじめにいった。

「大変ねえ」

と、由美子は、肩をすくめるようにしてから、

「お風呂をみてくるわ」

と、立ち上がった。

「まだわかないだろう?」

「夕方、お店に行く間際《まぎわ》に、一回わかしてあるの

よ」

由美子は、そういい、浴室へ入って行ったが、

「ねえ」と呼んだ。

「熱い方がいいの？　それとも、ぬるめの方がいいの」

「あまり熱くない方がいいな」

「あたしもよ。じゃあ、もう入れるわ」

「君は入らないのかい？」

と、きいたが、返事がなかった。

聞こえなかったのかなと思い、もう一度、声をかけようとしたとき、由美子が戻って来て、彼の耳元で、

「先に入っていて。一緒に入るから」

と、ささやいた。

3

小さな湯舟に体を沈めていると、二、三分して、裸になった由美子が、前を押さえるようにして浴室に入ってきた。

丸みをおびた体は、いかにも、今が女盛りの感じだった。

「このごろ、少し太っちゃったみたいなの」

由美子は、湯舟の横にしゃがみ込みながら、矢崎にいった。

「そんなことはない。いい体をしているよ。魅力的だ」

「ありがとう」

「君が入るんだろう？　僕は出よう」

「一緒に入らせて」

「え？」

「うふッ」

と、由美子は、楽しそうに笑い、湯舟に入ってきた。

狭い湯舟だから、自然に、抱き合うような恰好《かっこう》になった。

弾力のある肉体の感触に、若い矢崎は、体が熱くなるような気がして、ひとりでに、彼女の体を抱きしめ、強く唇を押しつけていた。

ざあッと、音を立てて、お湯があふれた。唇が離れると、由美子は、矢崎のくびに手を回しながら、

「ソープでは、こんな風に、一緒に入るんですって?」

「ソープ?」

「そうなんでしょう?」

「ええ。まあ」

と、肯《うなず》きながら、矢崎は、田口のことを、ふと思い出した。田口のソープランド好きは有名で、自ら、職場のソープ博士をもって任じていたからである。

「ねえ。泡踊りというの、やりましょうよ」

由美子が、楽しそうにいった。

「あれは、マットがないとね」

「立ったままでもできるわ」

湯舟から出ると、お互いの体に、石鹸《せっけん》をぬりたくった。そんなことをしているうちに、矢崎の緊張もとけていく感じだった。

石鹸をぬった肌をぴったりと合わせ、抱き合って、こすり合っていると、女の乳首が、かたくとがってくるのがわかった。矢崎のものも、硬く、大きくなっている。その先端が、女の股間にあたるたびに、彼女は、矢崎の耳元で、小さな声をあげた。

「ベッドへ行きましょう」

と、由美子が、ささやいた。

お湯を浴び、タオルで体を拭《ふ》くのもそこそこに、

矢崎は、由美子のずっしりと手応《てごた》えのある体を抱きしめながら、寝室のベッドに倒れ込んだ。

浴室での泡踊りのせいか、矢崎が指を滑《すべ》らせていくと、草むらの奥は、十分に濡《ぬ》れていて、小さな音を立てた。

「キスして」

と、眼を閉じたまま、由美子がいう。

矢崎が、唇を合わせると、彼女は、舌をからめながら、両足をゆっくり広げていった。

あせった矢崎が、なかなかインサートできずにいると、由美子は、そっと、指先をそえて、自分の方から、腰を押しつけてきた。

4

矢崎が眼をさましたとき、枕元が、いやに明るかった。

隣には、由美子が、軽い寝息を立てている。

矢崎が、手を伸ばして、窓のカーテンを少しだけ開けてみると、明るかったはずである。

一面の銀世界で、そこに、朝の太陽が当たって、きらきらと輝いているのである。

見上げると、雲一つない青空が広がっている。この分では、折角《せっかく》の春の雪も、たちまち、とけてしまうだろう。

矢崎が、ベッドの上で、煙草に火をつけると、その気配で、由美子が、眼を開いた。

「今何時なの?」

と、眠そうな声でいった。

「六時半だよ。僕は、そろそろ帰る」

「そう」

と、相変わらず、眠そうな声で肯いてから、

「帰るときは、管理人にわからないように帰ってね。このマンションは、変にうるさいの」

「いいよ。そっと帰るよ」

矢崎は、ベッドからおりると、隣の六畳で、下着をつけた。

ワイシャツに腕を通しながら、自然に、ニヤニヤしてしまうのは、昨夜の由美子の抱き心地を思い出したからである。感度のいい女で、絶頂に達したあとも、しばらくの間、彼の腕の中で、がくん、がくん、体をけいれんさせていたっけ。

寝室で、電話が鳴った。

由美子が、「ええ。あたし」と、応対している。

両親からでもあるのか。それとも、恋人か、パトロンからの電話だろうか。

そんなことを考えながら、矢崎が、背広を着おえて、コートを手に持ちかけたとき、勢いよく寝室のドアが開いて、

「待って！」

と、由美子が慌《あわ》てた感じで声をかけてきた。

「何だい？」

「忘れてたけど、今日は土曜日で、会社は休みなんでしょう」

「そうだけど」

「じゃあ、ゆっくりしてって」

「いいのかな？」

「ひとりで、食事をするのが寂しくていやなの。もうひと眠りしてから、朝食を作るから、それを一緒に食べていって」

「僕はいいけど——」

「じゃあ、決まった」

由美子は、嬉《うれ》しそうにいい、スキャンティ一枚の体を、矢崎にぶっつけてきた。

もう一度、ベッドに戻り、今度は、由美子が、矢崎の上にまたがった。

下から見上げると、由美子の体は、ひどく色っぽく見えた。

若い矢崎も、昨夜からで、さすがに疲れて、また、眠ってしまった。

二度目に眼をさましたのは、十二時近くである。

由美子は、約束どおり、食事を作ってくれていた。あまり上手とはいえなかったが、それでも、味噌《みそ》汁つきの食事だった。

矢崎が、満足して外へ出たとき、雪はとけていて、道がぬかっていた。

5

思いがけぬ幸運にめぐり合った思いで、矢崎は、まっすぐ家に帰る気にはなれず、そのまま新宿に出て、映画を見た。

板橋《いたばし》の自分のマンションに帰ったのは、午後八時を過ぎていた。

二階まで階段をあがり、自分の部屋の前まで来ると、中年の男が二人立っていた。

何となく、うす気味悪く思いながら、キーを取り出して、ドアを開けようとすると、その中の一人が、

「矢崎さんですね?」

と、声をかけてきた。

「そうですが、何の用です?」

矢崎がきき返すと、相手は、内ポケットから、黒い警察手帳を取り出して、

「捜査一課の者です」

と、いった。

「六階で起きた強盗事件のことなら、僕は何も知りませんよ」

「いや、そんなことじゃありません」

「じゃあ、何のご用ですか?」

「あなたは、太陽《たいよう》商事の営業第三課勤務ですね?」

刑事は、確認するようにきいた。

「ええ。そうです」

「じゃあ、課長の若杉《わかすぎ》さんは、もちろん知っていますね」

「ええ。ただし、今、課長は九州に出張中ですよ」

「今日の午後三時に帰宅しています」

「ああ、そうでした。今日、帰られるんでした」

「帰宅した若杉課長は、奥さんの京子《きようこ》さんが、何者かに殺されているのを見つけました。絞殺です」

「本当ですか?」

矢崎は、ぼうぜんとした。課長の奥さんも、よく知っていたからである。三十五歳になっていたが、若々しい美人だった。

「残念ながら本当です」

「そうですか――」

「あなたは、若杉課長の家へ、たびたび、遊びに行っていますね」

「ええ。部下の気持を、よくわかってくれる上司ですし、奥さんも優しい人なので、よく遊びに行きました。しかし、僕だけじゃありませんよ」

「わかっています。課長さんは、特に、あなたと田口、青木の三人を、よく家に呼んだといっています」

「ええ。そうかも知れません」

と、肯きながらも、まだ、矢崎には、なぜ、刑事が二人、自分を待ち受けていたのかわからずにいた。

「今、奥さんは、優しい人だといいましたね?」

刑事は、矢崎の顔をのぞき込むように見た。

矢崎は、コンクリートの壁に背をもたせかけながら、

「ええ。そのとおりですからね」

「優しくて、美人だったんじゃありませんか?」

「ええ。美しい人でしたよ」

「それで、魅《ひ》かれたんですか?」

「何ですって?」

矢崎は、びっくりして、きき返した。

「そんなに、驚くことはないでしょう」と、刑事は、皮肉な眼つきになった。

「優しく、美しい女性に、男は魅かれますからね」

「しかし、上司の奥さんですよ」

「でも、男と女でしょう。それで、いつ関係が出来たんですか?」

「冗談じゃない!」

矢崎は、思わず大声を出した。が、刑事は、全く表情を変えなかった。

「われわれも、冗談でいっているんじゃありませんよ。京子さんの残した日記を読むと、よく遊びに来る夫の部下の青年の一人と、過《あやま》ちをおかしてしまったと記してあるのです」

「僕の名前が書いてあるんですか?」

「いや。名前は、書いてありません」

「じゃあ、田口や青木かも知れないじゃありませんか」

「ええ。その二人のところにも、別の刑事が行っています。ところで、同じ日記の中で、京子さんは、それを、ご主人に打ちあけて、謝ろうと書いているのです。ご主人が、今度の出張から帰って来たときにね」

「――――」

「若杉課長は、部下思いだが、潔癖《けっぺき》な性格だった」

「ええ」

「もし、奥さんから、部下との過ちを聞かされたら、その部下を許すと思いますか?」

「いや。多分、許さないでしょうね」

「今度の事件の動機は、それだと、われわれは考えているのです」

「しかし、僕は関係ありませんよ。奥さんとは、何の関係もないんですから」

「それを証明できますか？」

「証明？」

「そうです。証明できますか？」

「そんなことをいわれても、関係がなかったというより仕方がありませんよ。奥さんに聞いて貰えばいちばんいいんだけど、殺されてしまったというし——本当に、課長の奥さんは、殺されたんですか？」

「本当です」

「とにかく、僕は関係ありませんよ」

「では、アリバイをうかがいましょうか？　まだ解剖がすんでいないので、はっきりした死亡時間はわかりませんが、今日の午前九時前後と考えられています。そのころ、どこにおられました？」

「今日の九時ごろなら、ちゃんとしたアリバイがありますよ」

矢崎は、ニッコリ笑った。

6

矢崎は、とくとくとして、高井由美子とのことを話した。

「昼まで、彼女のところにいましたよ」

と、矢崎はいった。

朝、帰りかけるのを、由美子が、止めてくれてよかったと思った。

あのまま、自分のマンションに帰ってしまい、ひとりで、テレビでも見ていたら、アリバイを証明するのが難しくなったところだからである。

「新宿のバーのホステスですね」

「ええ。『ピッコロ』というバーです」

「ええと——」と、刑事は、すかすようにして、腕時計を見た。

「この時間だと、その女性は、もう店へ出ていますね」

「そうですね」

「まさか、あなたの女じゃないでしょうね？」

「とんでもない。昨夜、友だちに連れて行かれて、初めて行った店のホステスですよ。だいたい僕は、酒が飲めないから、バーやキャバレーには、めったに行かないんです」

「なるほど。これから、ご足労でも、その店へ案内してくれませんか？　念のために、あなたの言葉を確認したいのです」

「いいですよ」

と、矢崎は、肯いた。

疑惑を晴らしたいという気持もあったし、もう一度、高井由美子に会いたい気持もあったからである。

二人の刑事を連れて、矢崎は、新宿歌舞伎町《かぶきちょう》のバー「ピッコロ」に出かけた。

三人が入ると、刑事の一人が、カウンターの中のバーテンに、警察手帳を示してから、

「ここに、ユミコさんというホステスがいるはずなんだが、呼んでくれないかね」

「ユミコさーん」

と、バーテンが、大声で呼んだ。

奥のテーブルから、見覚えのある女が、立ち上がって、こちらへやって来た。

彼女は、矢崎を見ると、ニッコリ笑って、

「どうなさったの？」

と、きいた。

「この人を知っているのかね？」

刑事が、じっと、由美子を見つめてきいた。

「ええ。もちろん。昨日、お友だちと三人でお見えになったお客さまですもの」

「そのときのことをくわしく話してくれないかね」

「そうね。いらっしゃったのは、八時半ごろだった

かしら」

「それから？」

「ご一緒のお友だち二人は、楽しそうにお酒を飲んでるのに、この人は、飲めないらしくて、ジュースをつまらなさそうに飲んでるんです。それで、あたし、可哀そうになって、この人がトイレに立ったとき、お友だちに構わずに、お先にお帰りになったらって、いったんです」

「そのとおりですよ」と、矢崎がいった。

「あのときは、助かりました。ジュースで、酒呑《の》みにつき合うぐらい辛《つら》いことはありませんからね」

「それで、あなたは、店を出たんですか？」

刑事が、今度は、矢崎を見た。

「ええ。この先にスナックがあるんです。そこで、チャーハンを食べながら、彼女を待ちました」

「そのとおりですか？」

刑事が、また由美子を見た。

「ええ」

と、彼女が、肯いた。

「昨日は、あたしも、何となく気分が悪くて、この人と一緒に帰ろうと思って、この先のスナックで待っていてくださいと、いっておいたんです」

「それで、スナックへ行ったんですね？」

「ええ」

「何時ごろですか？」

「十時少し前だったんじゃないかしら。ちょうど雪が降り出したころですわ」

「そのとおりです」

と、矢崎が、相槌《あいづち》を打った。

「あなたも、そのスナックで食事されたんですか？」

刑事が相変わらず、じっと由美子を見つめて、きく。

「いいえ、今もいったように、気分が悪かったので、食事はしませんでした」

「それで、どうしたんです」

「この人が、家まで送ってやるといわれたんで、タクシーを拾いましたわ」

「家は、甲州《こうしゅう》街道沿いのマンションですか？」

「ええ。笹塚《ささづか》の近くです。タクシーで、そこまで、この人に送って貰いました」

「それから？」

「それからって、それだけですわ。この人にお礼をいって、すぐ、寝ました」

「彼には、帰って貰ったというわけですか？」

「もちろんですわ。送って頂《いただ》いただけですもの」

7

「何だって！」

意外なことの成行きに、矢崎は、思わず、大声をあげていた。

カウンターの中のバーテンや、近くにいた客が、びっくりした顔を向けたが、矢崎は、構っていられなかった。

「嘘《うそ》をいうなよ！」

と、由美子にいった。

だが、彼女は、平然とした顔で、

「別に、嘘なんかいっていませんけど」

「昨日は、君のところに泊まったじゃないか。一緒に風呂にも入ったし、今朝は、食事も一緒にしたじゃないか」

「いいえ」

「何だって？」

「気分が悪くて早びけしたのに、お客のあなたと、一緒にお風呂に入ったり、食事を一緒にしたりするはずがないじゃありませんか？　そうでしょう？　刑事さん」

由美子は、同意を求めるように、二人の刑事の顔を、等分に見た。

矢崎は、彼女の態度が、今日の昼までとは、一変していることに驚くとともに、当惑し、怒りをおぼえた。

「なぜ、正直にいってくれないんだ?」

と、矢崎は、声をふるわせた。顔から、血の気がひいているのがわかった。

「正直にいってるわ」

由美子は、困ったというように、首をかしげている。そんな顔が、矢崎には、一層小憎《こにく》らしく映った。

一緒に風呂に入り、体をこすり合わせたり、ベッドの愛撫で、体をけいれんさせたときの彼女と、何という違いだろう。

「あんたは、この男にタクシーでマンションまで送って貰ったが、そこで別れたというわけだね」

刑事の一人がきいた。どうやら、刑事は、矢崎の言葉より、由美子の言葉を信じ始めた感じだった。

「ええ。そのとおりですわ。何で調べているのか知らないけど、あたしは、嘘をついてません。あたしは、プロなんです」

「プロねえ」

「水商売のプロなんです。初めて来たお客を、いちいち自分のマンションへ連れて行って、一緒に寝たりしていたら、商売にならないじゃありませんか。それに、このお客さんには悪いけど、一目惚《ぼ》れするほど、いい男でもないし――」

由美子は、ニッと笑った。

つられたように、二人の刑事も笑い、カウンターの中のバーテンも、ニヤリとした。

矢崎は、むっとしながら、

「彼女は、嘘をついていますよ」

と、刑事にいった。

刑事は、カウンターを、指先で軽く叩《たた》きながら、

「なぜ、彼女が嘘をつくんだね？　別に嘘をつく必要はないだろう？」

「多分、パトロンがいるんで、今度の事件から、僕を泊めたのを知られるのが怖《こわ》いんだと思う。それで、嘘をついているんだ」

「それも違うんじゃないかね。君が、彼女のところに泊まったとしても、それが、新聞に出るわけじゃないから、パトロンがいても、知られるはずがないんだ」

「警察は、彼女の言葉を信じるんですか？」

「今のところ、彼女のいい分の方が、信頼できそうだということだよ」

「じゃあ、僕が、昨日、彼女のマンションに泊まったことを証明して見せますよ」

と、矢崎は、いった。

二人の刑事は、「ほう」というように、矢崎を見た。

「本当に証明できるのかね？」

「出来ますとも。彼女は、こういいましたね。僕が初めての客で、マンションまで送ってくれたが、そこで別れたと」

「ええ。そのとおりですものね」

由美子が、そっけない調子でいった。

矢崎は、彼女にちらりと眼をやってから、刑事たちに向かって、

「つまり、彼女のいうとおりなら、僕は、彼女の部屋に入らなかったわけですよ。当然、部屋の中が、どうなっているか、わかるわけがない。そうでしょう？」

「ああ、そうだな」

「これから、彼女のマンションに行ってみようじゃありませんか。そして、僕のいうとおりの部屋の中だったら、僕の言葉が正しいことになるはずです

と、刑事はいった。やっと、矢崎の言葉にも、本気で耳を傾けてくれるようになったようだった。

8

高井由美子も同行して、矢崎と刑事二人の合計四人は、笹塚にある彼女のマンションに車を飛ばした。

鑑識の車とは、マンションの前で合流した。

まず、鑑識の連中が、部屋に入って、指紋を採取し、そのあと、矢崎たち四人が、中に入った。

「君は、ダイニングキッチンのじゅうたんが、ブルーだといったね」

刑事が、足を踏み入れながら、確認した。

「そうです。部屋全体が、ブルーで統一されているんです。じゅうたんだけでなく、カーテンも――」

説明しかけていて、矢崎は、途中で、その言葉を止めて、刑事の顔を見た。

※

よ」

「それは面白《おもしろ》いね。どんな部屋だったか、いってみたまえ」

刑事の一人が、手帳を取り出した。

「2DKの部屋で、左側に、玄関を入ってすぐが、トイレと浴室がついていて、ダイニングキッチンで、ベランダに面して、六畳が二部屋あり、片方が、ベッドの置いてある寝室で、片方に、電気ごたつが置いてあります。彼女は、ブルーが好きだと見えて、カーテンはすべてブルーで、ダイニングキッチンの床に敷かれたじゅうたんもブルーでしたね」

「よし。君のいうとおりか、調べてみよう。鑑識にも来て貰った方がいいだろう」

「鑑識？」

「昨日、君が泊まったんなら、君の指紋が、部屋中についているはずだ。果たして、そのとおりかどうか調べて貰うのさ」

呑み込んでしまった。

「あッ」

と、悲鳴に近い声をあげた。

ダイニングキッチンの床に敷かれたじゅうたんが、いつの間にか、ピンクに変わってしまっているのだ。

「馬鹿な！」

と、矢崎は、叫び、六畳の部屋に飛び込んだ。

その部屋も、寝室も、カーテンは、ピンクだった。

とたんに、刑事が、不機嫌になった。

「どうも、君のいうのとは、違っているようだねえ」

刑事が、皮肉ないい方をした。

「こんなはずはないいんだ。昨日は、というより、今日の昼近くに、僕が、ここを出るときまで、カーテンも、じゅうたんも、ブルーだったんです」

「しかし、今は、ピンクじゃないか？」

「取りかえたんですよ。そうに決まっています。新品を買って来て、取りかえたんです」

「それは違うね」

と、もう一人の刑事がいった。

彼は、じゅうたんの上に屈《かが》み込んで調べていた。

「何が違うんです？」

「このじゅうたんは、新品じゃない。それにだ。テーブルの四本の脚の跡《あと》が、じゅうたんに、はっきりとついている。大きさも、位置も、ぴったり一致しているんだ。このじゅうたんは、だいぶ前から、ここに敷かれていたものだよ」

「そんなはずはないんだ」

「君がいくら力《りき》んでも、事実は、変えようがないね」

「浴室を見て下さい！」

と、矢崎は、必死の表情で叫んだ。

「浴室については、さっきは、何もいっていなかったぞ」

「忘れていたんです。浴室には、花模様のタイルが使われているんです。カーテンやじゅうたんは、すぐ取りかえられても、しっくいでかためたタイルは、半日やそこらで、取りかえられるはずは、ありませんからね」

「花模様のタイルというのは、確かなんだろうね？　また、違うんじゃあるまいね？」

「大丈夫です。間違いなく、花模様のタイルが使われていたんです」

　矢崎は、自信を持っていった。

　カーテンや、じゅうたんは、由美子が、矢崎を陥《おとし》れるために、取りかえたに決まっている。誰か手伝う人間がいれば、取りかえるのは、簡単だったはずだ。

　だが、タイルは、そうは、いかない。一枚ずつ剝《は》がして、取りかえることが、半日で、出来るはずがない。もし、やったとしても、まだ、しっくいが生乾きだろう。

　矢崎は、壁についている浴室のスイッチをつけ、ぱッと、ドアを開いた。

　だが、次の瞬間、矢崎は、その場に、ぼうぜんと立ちつくしてしまった。

　花模様のタイルなんか一枚もなかった。浴室にはられたタイルは、すべて、純白のすべすべしたものばかりだった。

「馬鹿な！」

　矢崎は、浴室に入り込むと、タイルの一枚をつかんで、引き剝がそうとした。が、しっかりとはりついていて、びくともしなかった。しっくいも、昨日、今日に、はりつけたものでないことを示している。

「どうしたね？」

刑事が、背後から、皮肉な調子で、声をかけてきた。

「花模様のタイルは、どこにあるんだね？」

「ここにあったんだ」

「あったといったって、現実に、一枚もないじゃないか」

と、刑事は、冷たくいってから、由美子を見て、

「浴室に、花模様のタイルを使ったことがありますか？」

「いいえ」と、由美子は、きっぱりといった。

「一度も使ったことはありません。第一、花模様のタイルなんて、あんな子供っぽいの、あたしは嫌いなんです」

「昨日は、ここに、花模様のタイルがあったんだ！」

矢崎は、壁にはられた白いタイルを、こぶしで叩いた。

あれは、夢ではなかったはずだ。この浴室には、花模様のタイルがはられ、その中で、彼女と、石鹸をぬりたくったお互いの体を、こすり合わせたのだ。

「どうやら、君のアリバイは不成立のようだね。警察へ行って、今度こそ本当のことを聞かせて貰おうか」

と、刑事が、勝ち誇ったようにいった。

9

殺人のあった若杉課長宅は、駒沢《こまざわ》近くにあった。そこで、駒沢警察署に、捜査本部が設けられた。矢崎が連れて行かれたのは、その捜査本部である。

矢崎が入って行くと、田口と青木の二人も、連れて来られていた。

田口は、蒼《あお》い顔をしているし、青木は、大きな体を、精いっぱいすぼめるようにしている。

田口は、矢崎の顔を見ると、

「おれたち三人が、重要容疑者らしいよ」

と、ささやいた。

「私語はしないように」

矢崎を連れて来た刑事が、強い眼で、三人を睨《にら》んだ。

矢崎は、更《さら》に、地下の取調室に連れて行かれた。

そこで、訊問《じんもん》に当たったのは、本庁の十津川《とつがわ》という警部だった。

中年のこの警部は、前の二人の刑事とは違って、優しい眼で、矢崎を見つめた。

「あまり堅《かた》くならないで、話して下さい」

と、十津川は、笑顔でいった。

しかし、矢崎の方は、自分が追い込まれたことを考えて、笑い返す気にはなれなかった。

それに、優しくするのも、警察の一つの手かも知れないと思ったりもした。

「僕は、何もやっていませんよ」

と、矢崎は、いった。

「なるほど」

「信じないんですね?」

「私は、因果《いんが》なことに刑事ですからね。何でも一応、疑ってかかる。それが仕事ですから」

「しかし、僕は、無実ですよ。若杉課長の奥さんとも、関係はありませんよ」

「あなたは、三年前に、太陽商事に入社したんでしたね?」

「そうです」

「営業第三課で、三年前に入社した課員というと、あなたの他に、田口、青木の二人がいる」

「そうです。あの二人と僕の三人だけです。うちの課では」

「殺された若杉夫人の日記によると、関係があった男性というのは、三年前に入社した社員で、営業第三課の男性となっているのですよ。名前はわかりませんが、あなたか、田口、青木の二人のどちらかということになる」

「僕じゃない」

「他の二人も、同じことをいっていましたね」

「泥棒に入った人間が、騒がれて殺したということだって考えられるんじゃありませんか？　もし、そうだとしたら、僕たち三人は、事件とは無関係ということになるじゃありませんか」

「残念ながら違いますね。家の中は、全く荒されていないのですよ。それに、犯人は、殺したあと、被害者の顔に毛布をかぶせている。顔見知りの証拠です」

「――――」

「では、もう一度、あなたのアリバイを聞きましょうか。今日の午前八時から九時までの間、どこにいたか話して貰いましょうか」

「その時間に、奥さんは殺されたんですか？」

「解剖の結果、その一時間の間に殺されたとわかりました。どうですか？」

「何度もいったように、僕は、昨夜から今日の昼ごろまで、ユミコというホステスのマンションにいたんです」

「しかし、彼女は、いなかったといっていますね。しかも、彼女の証言の方が、信頼できると、捜査員は報告して来ている」

「彼女が嘘をついているんです」

「報告を読んだ限りでは、そうは思えませんがね」

「カーテンやじゅうたんのことがあるからですか？」

「それに、浴室のタイルのこともある。ああ、それに、鑑識から報告も届いています。あの部屋には、あなたの指紋は、一つもなかったようですよ」

「彼女が消したんです。拭き取ったんだ」

「何のために？」

と、十津川は、じっと、矢崎を見て、

「彼女にパトロンがいて、若い男、つまりあなたを部屋に泊めたのを知られるのがいやだったからというのは、説得力がありませんよ。警察に対して、あなたを泊めなかったというのはわかっても、部屋の指紋まで消す理由がない。いくらパトロンが眼がよくても、部屋の中の指紋まで、気にするとは思えませんからね」

「しかし――」

「あなたの不利は否定できませんね」

「だが、僕じゃありません」

「証明できますか？」

「そうだ！」

「何です？」

「僕の靴を見て下さい」

矢崎は、片足を、十津川の方に突き出した。

「靴がどうかしましたか？」

「この靴は、昨日から、ずっとはいているんです。ところで、課長の家ですが、敷地が広くて、門を入ってから、広い庭を通らなければ、家に入れませんよ」

「現場検証をしたから、よく知っていますよ」

「庭には芝が敷いてあり、門から玄関まで敷石が並べてあります。それで、昨日は、雪が降りました。やんだのは――」

「気象台に問い合わせたところでは、午前二時ということです」

「すると、犯行のあった午前八時から九時までの間には、もう雪もとけかけていたはずです。今日は、朝からポカポカ陽気でしたからね」

「そうでしょうね」

「犯人の靴には、泥がついたはずですよ。僕の靴に、そんな泥がついていますか？　底だって、きれいですよ」

「ふふふ――」

と、十津川が、笑った。

矢崎は、蒼白い顔で、

「何がおかしいんです？　僕は、自分の無実を証明しようとして、必死になっているのに」

「これは、失礼。しかし、靴の泥は、何の証明にもならないから、むきになっているあなたが、おかしかったのですよ。被害者が殺されたのは、午前八時から九時の間です。そして、若杉さんが午後三時に帰宅して発見するまで、最低で、六時間たっているのですよ。犯人が、その間、泥靴をそのままにしておくと思いますか？　きれいに泥を落としておくんじゃないかな。あなたの靴もきれいだが、田口、青木の両人の靴もきれいでしたからね。あなたのいうことは、何の証明にもならないのですよ。それに現場には、靴跡はぜんぜんありませんでした」

十津川が、丁寧《ていねい》だが、きっぱりといったとき、若い刑事が、取調室に入って来て、彼の耳元で、

「ちょっと、上へ来て頂けませんか」

と、ささやいた。

10

十津川は、上へあがった。

「何だい？」

と、そこにいた刑事にきくと、相手は、ひどく、はずんだ声で、

「これを見て下さい」

と、真新しいライターを差し出した。

デジタル時計が組み込まれているライターだった。

「このライターが、どうかしたのかい？」

「若杉宅の勝手口に落ちていたんです」

「ほう」

「犯人は、あの家の玄関から入り、勝手口から逃げたと思われています。犯人が落とした可能性があるので、鑑識に頼んで、指紋の検出を急いで貰っていたんですが――」

「被害者の旦那のライターということはないのかい？」

「若杉春彦《はるひこ》は、パイプ党で、パイプ用のライターか、マッチしか使わないそうです。それに、ライターについていた指紋ですが、今、鑑識から連絡がありまして――」

「三人の中の誰の指紋だったんだい？」

「ずばり、矢崎の指紋です」

若い刑事は、眼を輝かせていった。

「そうか。矢崎の指紋か」

「このライターを、奴に突きつけてやろうじゃありませんか。これで、奴は、ぐうの音《ね》も出ないはずですよ」

「まあ、待てよ」

と、十津川は、眉《まゆ》をひそめて、相手を制した。

「どうなさったんですか？　これで、彼が犯人と決まったようなものじゃありませんか」

若い刑事は、わけがわからないというように、首を振った。

十津川は、問題のライターを机の上に置くと、

「その前に、もう一度、確認しておきたいことがあるんだ」

「ライターの指紋なら、間違いなく、矢崎のものです。彼の指紋は、例のホステスのマンションを調べるときに、採《と》ってありましたから」

「いや、そのことじゃない」

「じゃあ、何のことですか？」

「矢崎以外の者が犯人である可能性のことさ」

十津川は、部屋の隅《すみ》に立てかけてある黒板に眼をやった。

そこには、この事件の関係者の名前が書き並べてあった。

「第一の若杉春彦だが、彼が、妻の浮気を知って殺したという可能性はないのかね？」

「ありません」と、部下の一人が答えた。

「アリバイがありか？」

「若杉は、九州出張中、福岡のNというホテルに泊まっていますが、そこに問い合わせたところ、今日、チェック・アウトしたのは、午前十時でフロントでも確かに本人であることを認めたということです。つまり、死亡推定時刻には、福岡のホテルにいたということで、アリバイは成立です」

「田口と、青木の二人は、どうなんだ？　この二人にも、アリバイがあるのかね？」

「はっきりしたアリバイはありません。田口と青木は、新宿のバー『ピッコロ』を、零時《れい》五、六分前に出たといっていますが、これは、店の者の証言で確認されています。二人とも、雪が降っていたので、それぞれ、タクシーを拾って、自分のアパートに帰ったといっています。翌日、つまり今日ですが、田口は、二日酔いで、昼ごろまで自分の部屋で寝ていたといっています」

「青木の方は？」

「これも同じようなもので、十時ごろに眼をさましたが、休日で起きるのが面倒くさいので、寝ころんだまま、テレビを見ていたといっています。どちらも、独身で、ひとり暮らしなので、証人はおりません」

「アリバイは、不完全ということだね」

「まあ、独身の男の、しかも休日の昼前というと、こんなものだと思うのです。ですから、アリバイとしては不完全ですが、犯人とはいえないと思います」

「わかっているよ」

十津川は、苦笑し、手を伸ばして、机の上のライターをつかんだ。

煙草をくわえ、そのライターで火をつけてから、

「これは、私が、矢崎に見せて来よう」

「奴に、引導《いんどう》を渡してやって下さい」

と、部下の刑事がいった。

十津川は、黙って笑っただけである。

彼は、思案する顔で、地下の取調室におり、改めて、矢崎と向かい合った。

「このライターに、見覚えは、ありますか？」

と、十津川は、矢崎の前に、持って来たライターを置いた。

矢崎は、手に持って眺めてから、自分のポケットを調べ、

「僕のみたいだな。どこかで、落としたんです」

「そのライターは、犯行現場に落ちていたものですよ」

「じゃあ、僕のじゃありません。僕は、課長の家へ行っていないんだから」

「あたの指紋が検出された。つまり、あなたのライターということですよ」

「そんな——」

「あなたのライターです」

十津川は、くり返した。

矢崎は、蒼白な顔になりながら、

「これで警察は、僕が犯人に間違いないというつもりですね」

「そう考えている刑事もいますよ」

と、十津川は、いってから、ふっと、微笑して、

「私は、そうは考えていない」

「じゃあ、どう考えているんです？」

「このライターが、あなたのものだとわかったとき、私は、あなたがシロだと考えるようになりましたよ」

「本当ですか？」

さっと、矢崎の顔に、赤味がさした。

「本当です」

と、十津川は、いってから、煙草を取り出して、矢崎にすすめた。

問題のライターで、火をつけてやってから、

「犯人は、やり過ぎたんですよ。若杉宅から、犯人のものと思われる指紋は、出なかった。つまり、用心深く、手袋をはめていたということです。煙草も吸っていない。吸殻《すいがら》がありませんでしたからね。そんなに用心深い犯人が、指紋のついたライターを、犯行現場に落としていくというのは、いかにも、不自然だからです。それに、われわれがライターを失《な》くすのは、煙草を吸って、置き忘れてしまうからで、煙草を吸わない場所で失くすことは、まずありません。

もう一つ、このライターは、デジタル時計つきで、かなり重い。落としたら、音がして、気がつくはずです」

「すると、僕は——？」

「そうです。あなたは、まんまと、犯人の罠《わな》にはめられたんですよ」

「ホステスの高井由美子も、犯人と組んで、僕のアリバイをなくそうとしたんでしょうか？　そういえば、僕が朝の六時半に一度帰りかけたときに電話がかかってきて、彼女は急に僕を引き止めた……今から思うと、どうも強引すぎた……」

「そこが重要な問題ですね。彼女は、犯人に頼まれて、あなたを自分の部屋に誘い込み、昼近くまでのアリバイを消してしまったんですよ。そのために、あなたが帰ってから、カーテンや、じゅうたんを取

りかえたりしたんだと思いますね」

「そうです。そのとおりです。ただ、浴室のタイルまでが変わってしまった理由が、わからないんですが、どんな方法で、やったんでしょうか？」

「そのトリックも、すぐわかるでしょう」

と、十津川はいった。

「ところで、彼女が共犯だとすると、真犯人は、あなたとバー『ピッコロ』に行った田口か、青木のどちらかということになりますね」

「二人のアリバイは、調べられたんですか？」

「二人とも、昼ごろまで、寝ていたとか、テレビを見ていたといっています。独身の男の休日といえば、こんなものでしょうから、これだけで、アリバイなしとはいえませんがね。不確かだとはいえますね」

「課長の奥さんは、絞殺されたんでしたね？」

「そうですが、それが、どうかしましたか？」

と、十津川がきいた。

「絞殺だとすると、体が大きくて、力の強い青木が怪しいけど、田口も、腕相撲は、強いですからね。それに、課長の奥さんは、小柄で、細身ですから、僕だって、絞殺できそうです。警部さんは、田口と青木のどちらが真犯人だと思っているんですか？」

「あなたは？」

と、十津川は、逆にきいた。

「わかりませんね。ライターは、あのバーで盗《と》られたんでしょうが、二人のどちらにも、盗るチャンスはじゅうぶんあったと思いますしね」

「私には、だれが、真犯人で、あなたを罠にはめた男か、わかっています。なぜ、彼なのかという理由もね。あなたにだって、よく考えれば、わかるはずですよ」

十津川にいわれて、矢崎は、煙草を消し、腕を組んで、じっと考え込んだ。

11

「まず、弱いところから攻めてみようじゃないか」

と、十津川警部は、部下の亀井《かめい》刑事に声をかけた。

「弱いところというと、矢崎と寝た高井由美子というホステスのことですか?」

「ああ、そうだ」

「警部は、彼女が、犯人としめし合わせて、矢崎を罠にはめたとお考えですか?」

「他に考えられるかね?」

と、十津川は、きき返した。

二人は、捜査本部を出ると、高井由美子の住んでいるマンションに向かった。

雪は、もう完全にとけてしまっている。あの雪は、冬のぶり返しというより、春の足音を、逆に早めたようで、太陽の光が、強く、眩《まぶ》しかった。

「彼女が、犯人に協力した理由は、何でしょうか?」

と、亀井が、途中の車の中で、十津川にきいた。

「君は、何だと思うね?」

「バーのホステスですから、金でしょうか?」

「かも知れないが、私は、違うような気がするね」

「金でないとすると、愛情ですか?」

「ああ。それも、具体的な愛情じゃないだろうか」

「と、いいますと?」

「殺人の共犯だからねえ。ちょっとやそっとの金では、承知しないだろう。犯人を愛していたとしても、ただ愛しているだけでは、なかなか、殺人の共犯になる勇気は出ないと思うよ。だから、犯人は、彼女に、結婚の約束をしたんじゃないかねえ。水商売の女ほど、結婚にあこがれると聞いたことがある」

「なるほど」

「しかも、相手は、エリート社員だ。彼女にしてみれば、願ってもない結婚だったんじゃないかな。だから、殺人の共犯者になることも、厭《いと》わなかった」

「そのつもりで、彼女に会ってみますか」

高井由美子は、自宅にいた。

今、起きたばかりだといい、ナイトガウン姿で、2DKの部屋に、十津川と亀井を迎え入れた。

「せっかく来て頂いても、お話しすることは、もうないわ」

と、由美子は、眠いのか、眼をしばたたきながら、十津川にいった。

「今日は、本当のことを話して貰いたくて来たんだよ」

と、十津川がいうと、由美子は、きっとした顔になって、

「警察には、ずっと本当のことを話したわ」

「ところが、逮捕された矢崎も、本当のことを話していると、主張していてねえ。つまり、君に誘われて、この部屋で正午ごろまで、一緒にいたというんだよ」

「それが嘘だということは、もう証明されたはずだわ」

「そうだったかな?」

「矢崎さんは、嘘をついているのよ。その証拠に、あたしの部屋のカーテンも、じゅうたんもブルーだったといってるけど、ごらんの通りピンクだわ。それに、浴室のタイルに花の模様があったなんていってるけど、うちの浴室には、そんなものはないわ」

「それは、調査した刑事から聞いているよ」

「それなら、問題はないじゃないの。矢崎さんは、苦しまぎれの嘘をついてるのよ。アリバイ作りにね。いい迷惑だわ」

「しかし、矢崎が嘘をついているとすると、少しば

かり、奇妙なんだがねえ」

「何が？」

「なぜ、君の部屋のカーテンやじゅうたんがブルーだといったり、浴室のタイルが花柄だったなんていったのか不思議なんだ。それがでたらめだとしたら、彼は、別に何もいう必要はなかったと思うからだよ。ただ、君の部屋に泊まったといえばよかったんだ。その方が真実性があったはずだ」

「知りませんよ、そんなこと。とにかく、矢崎さんは、嘘をついているのよ。それで十分じゃないの」

「いや、十分じゃない。殺人事件なんだからね。疑問点は、どんな小さなことでも解決しておきたいんだ。それで、さっきの問題点だが、矢崎は、マンションを知っていた」

「それは、マンションの前まで、タクシーで送って来たからだわ」

「なるほどね。部屋の様子を知っていたのはなぜだろう。2DKだということも、浴室や、居間の位置も知っていた」

「それは、タクシーの中で、あたしが話したからよ。それに、マンションなんて、たいてい部屋の位置は決まっているしね」

「カーテンやじゅうたんのことは？」

「それは話さなかったから、矢崎さんは、当てずっぽうにいって、間違えたのよ」

「そうは思えないね」

「え？」

「矢崎のいった部屋は、どこかにあるんだ。ことと間取りが同じで、カーテンとじゅうたんがブルーで、浴室のタイルに花模様がある部屋がね」

十津川は、確信を持っていった。矢崎がシロで、彼の言葉が嘘でないのなら、彼のいう部屋が実在するはずなのだ。

由美子は、小さく笑って、

「そんな部屋があったら、見せて頂きたいわ」

「見せてあげようか」

今度は、十津川が、ニヤッと笑った。

「え？」

と、由美子の顔色が変わった。

「実は、管理人室で、面白いことを聞いたんだ。この隣の907号室には、君と同じように、若いホステスが住んでいるとね。しかも、彼女は、三日前から、郷里の九州に帰っている。君に、部屋の鍵《かぎ》を預けていったそうじゃないか」

「知りません」

「そうかねえ。まあ、彼女が郷里から帰ってくればわかることだが、ここに、マスター・キーを管理人から借りて来ているから、一緒に、隣の部屋に入ってみないかね？」

「なぜ、あたしがそんなことをしなきゃならないのよ？」

「断言してもいいが、隣の部屋は、カーテンとじゅうたんがブルーで、浴室のタイルには、花模様があるはずだ」

「それが、どうかしたの？」

「君は、そんな部屋があったら、見せて貰いたいと、いったはずだよ」

十津川は、由美子の腕をつかむと、隣の907号室へ引っ張って行き、管理人から借りて来たマスター・キーで、ドアを開けた。

由美子の部屋と、全く同じ間取りの2DKだったが、十津川の予言どおり、カーテンとじゅうたんは、ブルーだった。

浴室のドアを開けた。

十津川の予想どおり、そこには、花模様のタイルがあった。

十津川は、顔色の変わっている由美子を振り返った。

「君は、この部屋を利用して、矢崎に罠をかけたのさ。部屋のナンバープレートをつけかえてね。君みたいな美人に誘われて、有頂天になっている矢崎は、908というナンバーは見たが、隣の部屋の番号なんか見やしなかった。だから、同じ部屋だと、錯覚したんだ。さて、そろそろ、すべてを話してくれてもいいんじゃないかね？」

12

その日の夕方、十津川は、田口と青木の二人を、もう一度、捜査本部に呼んだ。

二人とも、不快さを、かくそうとしなかった。特に、大男の青木の方は、舌打ちばかりしていた。

「お二人の友人である矢崎を、われわれは、殺人容疑で逮捕しました。彼を助けたいとは思いませんか？」

と、十津川は、二人の顔を見た。

「しかし、彼は犯人だと聞きましたが――？」

田口が、怪訝《けげん》そうに、十津川を見上げた。

「最初は、犯人に違いないと考えました。アリバイがないからです」と、十津川は、二人に向かっていった。

「ところが、矢崎は、犯人じゃなくて、誰かにはめられたのではないかと思われるふしが出て来たのですよ。それで、われわれとしては、矢崎を罠にはめた人間を見つけ出したい。その人間が、真犯人だからです」

「僕たちと、どんな関係があるんですか？」

青木が、きいた。

「お二人の協力が、ぜひとも必要なのです。あなた方だって、親友の無実を証明できるんですから、協力して下さるでしょうね？」

十津川は、じろりと、二人の顔を見た。

そんな眼で見られると、田口も青木も、協力するといわざるを得なくなったように、こくんと肯いた。

「しかし、どうすればいいんです？」

青木が、首をかしげて、十津川を見た。

「一緒に、今度の事件を検討してくれればいいのですよ」

「それだけでいいんですか？」

「そうです。そして、矢崎が犯人ではおかしいところが、必ず出てくるに違いない。そこがどこか、みんなで検討しているうちに、真犯人が、自然に浮かびあがってくると、私は考えているのですよ」

十津川は、部下の刑事に、矢崎を連れて来させた。

矢崎は、蒼白い顔で、田口と青木に、会釈《えしゃく》をしてから、椅子に腰を下ろした。

「煙草でも吸いながら、気楽に話し合っていこうじゃありませんか」と、十津川は、ニコリと笑いながら、三人にいった。

「その方が、いい考えが浮かんできますからね」

十津川の言葉で、田口と青木が、煙草に火をつけた。

矢崎も、ポケットに手をやったが、煙草は切れていた。十津川が、自分のセブンスターを、彼にやった。

「今度の事件の被害者は、あなた方の上司である若杉課長夫人の京子さんです」

と、十津川は、おもむろに、切り出した。

三人は、黙って聞いている。

「京子さんは、その日記によると、あなた方三人のうちの一人と関係していた。彼女は、そのことに悩み続け、ご主人が出張から帰って来たら、思い切って打ち明けようと決心した。たぶん、相手にもそういっていたのでしょう。関係していた人間にとっては、困った事態になったわけです。そこで、京子さん殺害を計画した。それも、早くやらなければならない。なぜなら、若杉課長が帰って来るまでに殺さなければならないからです。しかし、ストレートに殺してしまっては、自分が疑われると考えた犯人は、矢崎さんを犯人に仕立てあげることを考えました」

「畜生《ちくしよう》！」

と、矢崎が、小さく呟《つぶや》いた。

十津川は、言葉を続けて、

「一昨日《おととい》の夜、犯人は、矢崎さんを、無理矢理、行きつけのバー『ピッコロ』に誘いました。次の日の午後には、若杉課長が出張先から帰って来るので、犯人は、必死だったに違いありません。犯人が一人で、誘ったのでは、あとになって、矢崎さんを罠にはめたのが誰かわかってしまうので、もう一人の友人を誘い、三人で出かけたのです。飲めない矢崎さんは、当然のことながら、バーで退屈してしまいました。そのとき、若くて美しいホステスの高井由美子が、一緒に帰りましょうと、彼を誘いました。矢崎さんも若いし、退屈していたところだから、一も二もなく、彼女のいうまま、店を出ると、彼女のマンションに入ってしまいました」

「それが、罠だったんだ」

と、矢崎が、いまいましげにいった。

「そのとおり、白い肌の罠というわけです。彼女は、犯人に頼まれて、朝まで、矢崎さんを自分のマンションの部屋に足止めしておき、アリバイを消してしまうことになっていたのです。犯人は、バーで、矢崎さんのライターを盗んで、それを、犯行現場に置いておく。一方、矢崎さんを自分の部屋に泊めた高井由美子は、矢崎さんを泊めた覚えはないと主張する。これで、矢崎さんを犯人に仕立てあげられる。犯人は、こう計算したに違いありません」

「畜生！」

と、矢崎が、また呟いた。

「翌朝、六時半ごろ、彼女のベッドの中で眼をさました矢崎さんが、帰ろうとしたとき、最初、由美子は、とめませんでした。ということは、犯人から、朝まで引き止めておけといわれていたことを意味しています。つまり、犯人は、朝までに、若杉京子さんを殺してしまうつもりだったということです」

十津川は、いったん言葉を切って、自分も煙草に火をつけた。

「ところが、若杉夫人が殺されたのは、深夜ではなく、午前八時から九時でした。これは、なぜでしょうか？　第一、陽《ひ》が昇ってから、人を殺しに行くというのは、人間の心理に反しています。なぜ、深夜に殺さなかったのか？　理由は一つしかありません。深夜に殺すつもりだったが、それが、急にできなくなってしまったということです。それで、止《や》むなく、明るくなってから、殺したのですよ。犯人が、そうせざるを得なくなった理由は、雪です」

13

「事件の日に、何か変わったことがあったとすれば、雪だけです。雪は、前日の午後十時ごろから降り始めて、事件当日の午前二時にやみました。犯人が、若杉夫人を殺しに自宅を出ようとしたときか、あるいは、若杉邸の近くまで行ったとき、丁度、雪がやんだに違いありません。犯人にとって、困った事態になりました。若杉邸は、広い庭に囲まれていますから、くっきりと、雪の上に足跡がついてしまいます。雪を蹴散《けち》らしながら進めば、足跡はつきませんが、そんなことをしているところを誰かに見られたら、たちまち怪しまれてしまうし、雪まみれで入って行ったら、若杉夫人に警戒されてしまうでしょう。犯人は、高井由美子に電話をかけ、矢崎さんを、お昼ごろまで、足止めしておくように命令したのです。矢崎さんが、朝、帰ろうとしたとき、彼女にかかってきた電話は、犯人からのものだったのです。由美子は、あわてて、矢崎さんを引き止め、また、ベッドに誘いました」

十津川は、三人の若者の顔を見廻した。が、誰も、黙っていた。

「ところで、なぜ、犯人は、深夜に殺すのをやめ、陽が昇ってから殺したんでしょうか？」

「それは、雪に足跡がつくからでしょう？　警部さん自身、今、そういわれたじゃありませんか？」

田口が、不審気にきき返した。

十津川は、肯いてから、

「あなたなら、どうです？」

「僕なら？」

「あなたならです。あなたが犯人だとして、雪の上に足跡がつくからといって、中止しますか？」

「いや」と、田口は、首を横に振った。

「僕なら中止しませんね。足跡がついても構わないもの」

「そのとおり。あなたと矢崎さんとは、体重も同じくらいだし、靴の大きさも同じだからです。特殊な靴底ではまずいが、同じような靴をはいている。ということは、あなたが犯人なら、雪がやんだからといって、中止する必要もなかったし、あわてて高井由美子に電話をかけ、矢崎さんを昼までとめておけという必要もそうなかったということです。もう一人の青木さんだと、どうでしょうか？」

十津川が視線を向けると、青木は、顔をそむけてしまった。

十津川は、ニヤリと笑ってから、

「青木さんは、ごらんのように、大きな身体をしているし、足も、矢崎さんの一倍半はある。こんな大きな足跡が、雪の上に残ってしまったら、たちまち、自分が犯人とわかってしまって、矢崎さんを罠にはめるどころではなくなってしまうのです。彼は、当惑しました。しかし、若杉課長が帰って来るまでに、どうしても若杉夫人を殺さなければならない。彼は、まだチャンスがあると考えました。いい天気になり、雪がとけ出したら、そのときを狙《ねら》えばいい。そうすれば、足跡は消えてくれるからです。完全にとけてしまって、地面がぬかるんでも、かえって、足跡が、残ってしまいます。タイミングが難しいが、チャンスはあると彼は考えました。夜明けになると、幸い、太陽が昇り、雪はとけ出す気配になりました。そこで彼は、由美子に電話をかけ、昼ごろまで、矢崎さんを足止めしておけと指示したのです」

「――――」

青木は、黙っていた。が、煙草の灰が、ぼろぼろ、膝の上に落ちるのに気がつかないようだった。

十津川は、新しい煙草に火をつけた。

「彼は、チャンスを狙いました。雪がとけ出すときをです。それが、午前八時から九時の間だったのです。彼は、とけはじめた雪の上を歩いて、若杉邸に入り、夫人を殺してから、現場に、矢崎さんのライターを捨てて引きあげました。すべてうまくいったように見えましたが、雪が降り、午前二時にやんでしまうという自然のいたずらが、彼の計画を狂わせ、その分だけ、不自然さを残してしまった。それが、結局、命取りになったわけですよ」

そのあと、十津川は、急に、語調を変えて、

「もう観念するんだな。青木」

と、いった。

青木が、何かいいかけるのへ、押しかぶせるように、

「高井由美子は、君に頼まれたと、自供しているんだ」

鬼怒川《きぬがわ》心中《しんじゅう》事件

初出＝「別冊小説宝石」一九九三年爽秋特別号
収録書籍＝『伊豆・河津七滝に消えた女』光文社文庫　一九九六年九月

1

FAX（六月十日）

〈平木《ひらき》先生

原稿拝領いたしました。前のお電話では、八月号の原稿は無理とおっしゃっていたので、がっかりしておりました。それが、本日、突然百枚の原稿が送られてきて、編集部一同、夢かと驚き、欣喜《きんき》雀躍《じゃくやく》しております。その内容も素晴《すば》らしく、早速、印刷へ廻《まわ》させていただきました。

これで、八月号は、自慢できるものになります。本当にありがとうございます。

「小説パーティ」編集部
長谷川《はせがわ》　真《まこと》〉

TEL（六月十五日）

「小説パーティの長谷川です」

——長谷川君？　私だ。平木だよ。

「ああ、平木先生ですか。FAXで、お礼を申しあげたんですが、あらためて、お礼を申しあげます。原稿をありがとうございました」

——何をいってるんだ？

「は？」

——今日、旅行から帰って来て、君のFAXを見てびっくりして、電話をしてるんだよ。あの原稿というのは、何のことだ？

「十日に、百枚の原稿をいただきました。そのことですが」

——そんな原稿は、送っていないよ。

「しかし、先生、FAXで、『鬼怒川心中事件《きぬがわしんじゅう》』という百枚の原稿を、FAXで、送っていただいています」

——鬼怒川心中事件？　そんなものは、書いていない。

「待ってください。ええと、平木明《あきら》と、ちゃんと、書いてあります。もちろん、先生は、ワープロなので、その原稿もワープロですが」

——よく聞いてくれよ。私は、六月十日から十五日まで、韓国旅行に行かなければならないので、八月号の原稿は無理だといって、断わったんじゃないか。君のところだけじゃない。ほかの雑誌も、断わってる。それは、君だってわかっているはずだよ。

「たしかにそうなんですが、原稿が送られて来て、韓国へ出発される前に送っていただいたんだなと、感激したんですよ。先生の作品が載っていない小説パーティは、魅力がない。それが、思いがけなく頂戴《ちょうだい》して、これで、柱ができたと、喜んでいたんですよ」

——しかし、それは、私の原稿じゃない。誰のいたずらか知らんが、とにかく、載せるのは、やめてもらうよ。

「それが、もう、表紙に刷《す》ってしまいましたし——」

——君もわからん男だな。それは、私の原稿じゃないんだ。

「しかし、先生。文章も先生のものだし、サスペンスの盛りあげ方も、いつもの先生の作品と同じですよ。いい作品なんですがねえ」

——いくらいっても駄目だよ。私が書いたものじゃないんだから。

「残念ですねえ。今も申しあげたように、すでに印刷に廻っているんですよ。表紙にも大きく、先生の名前を載せ、それを、八月号の売り物にしているんです。今から、あの小説だけ取り除くとなると、雑誌そのものが、成立しなくなってしまいます」

——そんなこと、私には、関係ないよ。私が書いた作品じゃないんだから。

「とにかく、今から、そちらへ伺《うかが》います」

——来たって同じだよ。

「とにかく、そちらへ参りますので」

2

編集長の長谷川は、平木の担当の青木美矢子《あおきみやこ》を連れて、急遽《きゅうきょ》、九品仏《くほんぶつ》にある平木邸を訪ねることにした。

「変なことになって、すいません」

と、途中の車の中で、美矢子が申しわけなさそうに、長谷川にいった。

「今回のことは、不可抗力みたいなものだよ。誰が読んだって、あれは、平木先生の作品だし、先生は、韓国旅行で、確認のしようがないんだから」

「でも、わかりませんわ。平木先生が書いたのでなければ、いったい、誰が、先生の名前で、あんな原稿を送って来たんでしょうか？」

美矢子が、首をかしげた。

「それなんだがねえ」

と、長谷川はふと口元をゆがめた。

「え？」

「あれは、平木先生が、書いたものじゃないかねえ」

「でも、先生は、絶対に書いてないと、おっしゃっていますけど」

「そうなんだがねえ。ひょっとすると、ほかの雑誌に頼まれて書いたものを、間違えて、うちへ送ってしまったんじゃないか。平木先生は、てっきり、その雑誌に送ったと思っていたので、あわてたんじゃないかね。向こうの雑誌は、頼んだ原稿が届かないので、いらいらしている。そうしたら、うちの小説パーティに載っていたでは、平木先生としては、面目《めんぼく》が立たない。それで、怒鳴《どな》りまくって、うちから取り上げようとしてるんじゃないかと、ふと勘《かん》ぐりたくなるんだがねえ」

と、長谷川はいった。

「もし、そうだったら、どの雑誌の原稿だったんでしょうか?」

と、美矢子がきいた。

「そうだねえ。平木先生は、あれで、格ということを気にするんだ」

「格って、何なんですか?」

「雑誌の格さ。月刊GとSが一流で、うちの小説パーティやNは、二流だといった格のことだよ」

「そんなものがあるんですか?」

「おれはないと思ってるが、あると思ってる人もいるのさ。平木先生も、その一人なんだ。あの先生は、差別反対を唱《とな》え、それを主題にして、小説も書いている。そのくせ、実生活では、うちの雑誌に書くより、GやSに書くほうが素晴らしいことだと思っている。もちろん口に出してはいわないが、GやSに書いている作品と、うちに書いている作品を比《くら》べてみれば、わかるさ」

「そういえば、うちの作品は、軽く書き流している感じなのに、GとSのものは、主題も重いし、苦労して、お書きになっているのが、わかりますわね」

「ところで、今度の作品、『鬼怒川心中事件』だが、いつも、うちがもらっている小説と、違うとは思わなかったかね?」

と、長谷川がいう。

美矢子が、頷《うなず》いて、

「そうですわ。今度の作品は、視点が、『私』になっているし、主題は、愛と裏切りで、重いものになっていますわ」

「つまり、GやSにふさわしい作品なんだ。そう考えると、あれは、平木先生が、GかSのために書いたんじゃないか。それを間違って、うちに送ってしまったんじゃないか」

「じゃあ、GかSが怒りますわね?」

「そして、平木先生は、面目が潰《つぶ》れてしまうと思って、あわてたのさ。だから、怒りまくった」

「それなら、わかりますわ。だいたい、平木先生が、間違って、うちへ送ってきたんですよ。それなのに、まるで、うちが悪いみたいに、怒鳴るんですもの。正直にいって、腹が立ちましたわ」

と、美矢子が頬《ほお》をふくらませた。

長谷川は、そんな彼女の肩を叩《たた》いて、

「平木先生の前では、間違っても、そんなことは、いいなさんなよ」

と、いった。

平木の家は、九品仏の高級住宅街の一角にあった。

平木は、四十五歳。コピーライターから作家になった。多才で、恋愛小説からミステリーまで書くのだが、最近は、ミステリーが多い。

作家になる前、二十九歳で結婚していたが、二年前に離婚し、ひと廻り若い、新見《にいみ》ゆかと結婚した。

長谷川と美矢子が訪れると、まず、ゆかが顔を出し、

「主人、怒っていますよ」

と、小声でいった。

「どのくらいですか？」

長谷川が、きいた。

「それは、ご自身で、確かめてごらんになったら」

と、ゆかは、ちょっと意地悪な眼つきをした。

彼女も平木同様、気まぐれなところがあった。

(困ったな)

と、長谷川は思いながら、美矢子と奥に通った。

平木は、ロッキングチェアに腰を下ろして、庭を眺《なが》めていた。

「小説パーティの長谷川さんですよ」

と、ゆかがいうと、平木は、ロッキングチェアに腰を下ろしたまま振り返り、じろりと、長谷川を見

た。

「本当に申しわけありません。何とか、このまま、雑誌を出させていただけませんか？」

と、長谷川は、とにかく、下手《したて》に出た。平木にへそを曲げられて、八月号が出せなくなったら、経済的な損害よりも、信用を失ってしまう。それが、長谷川には怖《こわ》かった。

「君は、何もわかっていないようだな。私はね、自分の書いた覚えのない作品を、活字にされるのは真《ま》っ平《ぴら》なんだよ」

と、平木は怒鳴るようにいった。

「しかし、先生。これがゲラですが、どこから見ても、平木先生の作品なんです」

長谷川は、持参したゲラを、平木の前に置いた。

平木は、手に取ってから、

「『鬼怒川心中事件』——だって？」

「そうです。男と女のエゴが、ぶつかり合って、悲劇に突入するというストーリーで、平木先生らしい、いい作品だと思います。舞台である鬼怒川には、取材旅行にも行かれたはずですが」

「私が、取材に？　君と、行ったことがあるか？」

「いえ。私とではなく、おひとりで行かれたと、聞いたことがありますので」

「私は、鬼怒川などには、行ってないよ。何をいってるんだ？」

平木は、語気を荒《あら》らげていった。

長谷川は、それらしい話を聞いていたのだが、ここは、逆《さか》らってはまずいと思い、

「申しわけありません。私の勝手な想像でした。それも、この作品の鬼怒川周辺の描写が、あまりにも見事なので、つい取材に行かれたんだろうと、思ってしまったわけです。こんないい作品を埋もれさせてしまうには、忍びません。いろいろとご不満はおありと思いますが、何とか、許可していただけませ

んか。先生の作品が載らないと、小説パーティは死んでしまいますし、それ以上に八月号が出せなくなってしまいます」

「勝手なことをいいなさんな。私は、自分の書いたものでもないものを、自分の名前で出すわけにはいかんのだ。そのくらいのことが、君たちには、わからないのか！」

と、平木は怒鳴りはじめた。

その口調《くちょう》が、あまりにも激しいので、長谷川は、

（おや？）

と、思い、原稿は、平木の書いたものという自信が、一瞬、消えかかった。

だが、もし、これが、平木の書いたものでなければ、いったい、誰が、何のために書いたのかという疑問が生じてしまう。これが、箸《はし》にも棒《ぼう》にもかからぬ作品なら、平木を恨《うら》む人間が、彼を傷つけようとして、小説パーティに送りつけてきたものと思うのだが、いい作品なのだ。たぶん、最近の平木の作品の中では、上等の部類に入るだろう。

そう考えてくると、どうしても、平木の書いたものなのだ。それなのに、平木が怒っているのは、何か、こちらに対して、要求があるのだろうか？

「何か、ご不満があれば、いっていただけませんか。できることなら、ご希望に沿うよう、努力いたしますが」

と、長谷川はいった。

「何のことをいってるんだ？」

「原稿料とか、単行本の初版部数などで、ご不満があれば、と思いまして」

と、長谷川はいった。

平木は、じろりと長谷川を見て、

「君に、そんな権限があるのかね？」

「もちろん、私の一存では決められませんが、帰って、部長と相談し、先生のご期待に沿うように全力

をつくします」

「そういえば、君のところは、最近、私より、早瀬《はやせ》君のほうを優遇してるじゃないか。彼は、たしかに人気があるが、これから、どうなるかわからんよ。それに、私の後輩だ。あんなに大きく扱う必要があるのかね？」

「わかりました。それも、注意いたします。とにかく、これから戻って、先生が満足される方法を考えて、また参ります。八月号の先生の原稿がなくなってしまいますと、どうにもなりません。先生、助けてください。お願いします」

と、長谷川は深々と頭を下げた。

長谷川と美矢子は、刷りおわっている八月号の表紙と、「鬼怒川心中事件」のゲラを置いて、神田《かんだ》の出版社に帰った。

そのあと、長谷川は、編集部長の足立《あだち》に会って、平木とのやりとりを報告した。

足立は、心配して、

「どうしても、平木先生が、この作品を載せないと主張したら、どうなるのかね？」

と、長谷川にきいた。

「そういわれても、いまさら、八月号の発売を中止はできません。あの作品を抜いて、ほかのものと、差しかえるのは、もう無理なんです。私は、このまま出してしまおうと思っています」

と、長谷川はいった。

「平木先生から、抗議が来た場合は？」

「法律的には、問題はないと思います。FAXに平木先生の名前が印刷されていることからも、先生の家から、小説パーティ宛《あて》に送られて来た原稿だとわかりますし、うちが受領のFAXを送ったとき、先生は、奥さんと韓国旅行中でした。これ以上の連絡のしようは、ありませんでした。したがって、うちとしては、何一つ過《あやま》ちはおかしてはおりません。

平木先生のほうから告訴されても、負けることはないと、思っています」

「それなのに、なぜ、平木先生は、文句をいっているのかね？」

「そこが、よくわからないのです。担当の美矢子クンは、勝手だと、平木先生に腹を立てていますが」

「君は、あの原稿が、月刊ＧかＳに送られるはずのものだったと、思っているんだな？」

「ほかに、考えようがありませんので、そう思うんです。平木先生にしたら、ここまで来て、それをいうわけにはいかず、自分の原稿じゃないと、主張されているんだと思いますね」

「平木先生を真似《まね》て、誰かが原稿を書き、送って来た可能性というのは、まったく考えられないのかね？」

と、部長がきいた。

「可能性がゼロということはないでしょうが、あれは、どう見ても、平木先生の作品ですよ。しかも、いい部類に入ります」

「どんなストーリーだったかね？」

「『私』という一人称で、書かれています。『私』は、画家で、奥さんもいるんですが、若いモデルが好きになってしまう。友人たちからも忠告を受け、『私』はモデルを連れて、鬼怒川に逃げます。今までの名声を捨て、彼女との生活を始めようとするが、女のほうは、名声を捨てた『私』に興味を失ってしまう。その結果、『私』は、鬼怒川で彼女を殺してしまう。『私』は、死体を埋め、元の自分に戻《もど》ろうとして、東京に帰りますが、前のような画は描《か》けず、自棄《やけ》になり、自殺してしまう。その死体が発見されたとき、鬼怒川でも、モデルの死体が発見されます」

「それが、心中ということかね？」

「形として、心中になったという結果です」

「なかなか、面白《おもしろ》いじゃないか」

「文章もいいし、いい作品ですよ」

と、長谷川もいった。

「私からも、平木先生に、このまま、雑誌を出させてもらうよう、電話で頼んでみよう」

と、部長の足立はいい、夜になってから、九品仏の平木邸に電話した。

電話口に出たのは、平木の妻のゆかだった。

「主人は、ちょっと、出かけておりますけど」

と、ゆかがいった。

「どこに行かれたか、わかりませんか？」

「いつも、行き先をいわずに、ふらりと出かけてしまいますので。帰りましたら、足立さんから電話のあったことを、伝えますわ」

「お願いします」

と、いって、足立は電話を切った。

腕時計を見ると、午後十時を廻っている。

平木は、酒好きだし、女好きだから、たぶん、銀《ぎん》座《ざ》か六本木《ろっぽんぎ》あたりのクラブで、飲んでいるのだろう。

「平木先生が好きな酒は、何だったかな？」

と、足立は長谷川にきいた。

「たしか、シーバスリーガルです」

「じゃあ、明日、それを持って、もう一度、平木先生に会ってくれ。私も一緒に行くよ」

と、足立はいった。

翌日、足立が、長谷川と美矢子を連れて、平木邸に行こうとしていたとき、平木の妻のゆかから、電話が入った。

「平木が亡くなりました。昨日のことがあるので、そちらには、お知らせしておいたほうがいいと思いまして」

と、ゆかはいった。

3

死体が発見されたのは、六月十六日の朝、午前五時四十分ごろである。

晴海埠頭《はるみふとう》に、白のベンツが停《と》まっていて、朝の散歩に来た老人が、車内をのぞき込んだ。

運転席に、中年の男性が倒れているのを見つけて、一一〇番した。

男は、持っていた免許証から、本名神名明信《じんなあきのぶ》、ペンネーム平木明とわかった。いや、その前に、刑事たちは平木の顔を知っていたのである。したがって、免許証は、確認の役に立ったというべきだろう。

平木が毒を飲んでいることは、すぐわかった。

助手席に、酒を入れるフラスコが置かれていた。イギリス製のマルベリーというフラスコである。

中には、シーバスリーガルが入れられていたが、科警研《かけいけん》で分析した結果、青酸カリが、混入されていることがわかった。

捜査本部が置かれ、十津川《とつがわ》警部たちが、捜査に当たることになった。しかし、まだ、これが殺人なのか、自殺なのか、判断はつかなかった。

死体は、背広姿で、そのポケットには、小説のゲラが丸めて入っていた。題名は「鬼怒川心中事件」で、小説パーティ八月号予定原稿と書き込まれている。

十津川は、まず、平木明の妻、ゆかに会って、話をきいた。

ゆかは、平木と、ひと廻りは年齢が違うだろう。涙を見せても、それが美しく、魅力的だった。

「主人は、昨夜、九時ごろ、車で出かけたんです。きっと知り合いの作家の方か編集者と、銀座か六本木にでも飲みに行ったんだろうと、思っていました。まさか、こんなことになるなんて――」

と、ゆかは涙声でいった。

「このウイスキー入りのフラスコは、ご主人のものですか？」

十津川は、茶色の革の貼《は》られたフラスコを見せて、ゆかにきいた。

「ええ。旅行するとき、主人は、よくこれを持って行きますわ」

「車を運転なさっているときもですか？」

「ええ。もちろん、飲んだあとは、ベンツを降りて、タクシーで帰りますわ」

と、ゆかはいった。

「ところで、ご主人には、自殺するような事情が、ありましたか？」

と、亀井《かめい》刑事がきいた。

「いいえ。そんなことはなかったと、思いますわ」

と、ゆかが答える。

「ご主人は、青酸を持っていましたか？」

「そんな恐ろしいものを、主人が持っていたなんて、信じられませんわ」

と、ゆかはいった。

「このゲラのことを、何か知りませんか？」

と、十津川が、背広のポケットにあったゲラを見せた。

ゆかは、ページを繰《く》るようにして、眼を通していたが、

「昨日、この作品のことで、小説パーティの編集長さんと、もう一人が見えて、主人と話し込んでいましたわ」

「どんな話だったか、わかりますか？」

「よくはわかりませんが、その作品を八月号に載せるかどうかで、議論していたようでしたわ」

と、ゆかはいった。

一時間ほどして、その小説パーティの編集長たちが、築地署《つきじ》に駈《か》けつけた。

編集長の長谷川も担当の青木美矢子も、青ざめた顔をしていた。

平木の突然の死が、それだけショックだったということか。

十津川は、二人に話をきくことにして、まず、問題のゲラを見せた。

「これが、平木さんのポケットに入っていましてね」

と、十津川はいった。

「昨日、平木先生に、お渡ししたものです」

と、編集長の長谷川がいう。

「奥さんの話では、この小説のことで、あなた方と平木さんが、もめていたということですが」

「ええ。それが、FAXでうちへ送られて来ましてね。うちとしては、喜んで、八月号に載せることになったんですが、十五日になって、平木先生が、駄目だと、電話して来られたんです。うちとしては、もう印刷に廻っているので、今になって、そういわれても困る。何としてでも、八月号に載せさせてくださいと、ご自宅に、お願いに上がったんです。奥さんがいわれたのは、そのことだと思います」

「それで、平木さんは、結局、オーケーといわれたんですか？」

「いや、私のほうで、何とかお願いしますといって、帰ったわけで、その後、先生から連絡は受けていませんでした。こんなことがなければ、今日、もう一度、九品仏の先生の家を訪ねて、お願いするつもりでいたんです」

「平木さんは、なぜ、この作品を小説パーティに載せるのを、嫌《いや》がったんですかねえ？」

と、十津川はきいた。

「先生は、自分の書いたものじゃないと、いわれてましたが、たぶんほかの月刊誌に送るつもりで、うちに送ってしまったんじゃありませんかね。それで、取り返そうとした。注文のあった月刊誌に、いろいろいわれるでしょうからね」

と、長谷川はいった。

「なるほど」

と、十津川は頷いた。

が、平木が死んだ理由は、依然として、わからない。

「警察は、先生の死を、自殺と見ているんですか？それとも、誰かに殺されたと、見ているんですか？」

と、青木美矢子がきいた。

「今のところ、どちらとも、断定できません。平木さんは、自殺するようなところがありましたか？」

十津川は、逆にきいた。

美矢子は、長谷川と顔を見合わせていたが、

「自殺するような先生ではないと思いますけど、その原稿が、何となく気になりますわ」

と、いった。

「この作品のストーリーですか？」

「ええ。『私』が、最後に、自殺することになっていますもの」

「それは、読みました。しかし、これは、私小説じゃないでしょう？」

「でも、何となく、自伝的なところもあって、気になっていましたわ」

「しかし、平木さんは、奥さんを捨てて、若い女と駈け落《お》ちしたことはないんでしょう？」

「ええ。ただ、先生の女好きは、有名だし、女のことで、ときどき問題を起こしていましたから」

と、これは、編集長の長谷川がいった。

長谷川は、その例を、いくつかあげてくれた。

クラブの若いホステスに六本木に店を持たせたの

はいいが、それが週刊誌に載ってしまって、夫婦喧嘩《ふうふげん》《か》になったこと。新橋《しんばし》の芸者に惚《ほ》れて、身請《みう》けしたのはいいが、その妹分の芸者にまで手を出して、刃傷沙汰《にんじょうざた》になったことなどである。

「それじゃあ、この小説にあるように、若い女に惚れて、鬼怒川で殺したなんてことも、考えられるわけですか?」

と、十津川はきいた。

長谷川は、小さく手を振って、

「いくら、平木先生でも、そこまでは、やらないと思いますがね」

と、いった。

「平木さんは、鬼怒川に、よく行っていたんでしょうか?」

「よく行っていたかどうかは、わかりませんが、先生が、一カ月ほど前、鬼怒川に行ったのは、本当だと思いますよ。鬼怒川で、見かけたという人がいますから」

と、長谷川はいった。

「平木さん自身は、何といっていたんですかね?」

「きいたら、否定していましたね」

「なぜ、否定したんでしょうか? 鬼怒川に行ったからといって、世間の人は、変に思わないでしょう?」

「それは、この小説に書いたことが、すべて本当だと思われるのが、嫌だったからだと思いますね。今でも、作家が書くことは、すべて事実だと思う人がいますからねえ」

と、長谷川は苦笑した。

「平木さんが、殺される理由はどうですか? 彼を恨んでいる人は、いたと思いますか?」

傍《そば》から、亀井刑事が二人にきいた。

長谷川が、小さく笑って、

「何しろ、平木先生は、今もいったように、女にだらしがないし、自分勝手だから、敵も多かったと、思いますよ。しかし、殺すほど、憎まれていたかどうかとなると、これも、疑問ですね」

と、いった。

「しかし、自分勝手なんでしょう?」

「ええ。ただね、作家というのは、多かれ少なかれ、みんな自分勝手ですよ。そうじゃなければ、小説は、書けません」

「そんなものですか?」

「ええ。素晴らしい小説を書くから、どんなに素晴らしい性格の人かと思うと、これが、どうしようもない暴君《ぼうくん》だったり、だらしのない人間だったりするんですよ。そこが、芸術というものでね。聖人君子《せいじんくんし》じゃ、小説は書けない。そう思っています」

と、長谷川はいった。

「それに、作家で、恨まれて殺されたという人は、いないんじゃありません?」

と、美矢子もいった。

4

たしかに、十津川が知る限り、作家で殺された者は、いないと思った。それが、作家にとって、名誉なことかどうかは、わからない。意地の悪いいい方をすれば、それだけ、小説というものが、影響力を持っていないということでもあるからである。

十六日の夜になって、死体の解剖の結果が、報告されて来た。

死因は、やはり、青酸中毒による窒息死。死亡推定時刻は、十五日の午後十時から十一時の間ということだった。

妻のゆかの話では、平木は、午後九時ごろ、自分で、ベンツを運転して出かけたということだった。

「小説パーティの編集長さんたちといい合いをした

ので、飲みに行ったと、思っていましたわ」

と、ゆかは証言している。

もちろん、飲んだあとは、タクシーで戻って来て、翌日、ベンツを受け取りに行くのだという。

ゆかが、嘘《うそ》をついているのではないかという声も、捜査本部で出てきた。

若い西本《にしもと》刑事は、

「彼女が、犯人だという考えもできます。夜の九時に、平木が、ひとりで、ベンツを運転して出かけたといっていますが、それが、事実という証拠は、一つもありません」

と、いった。

「つまり、彼女が、平木を毒殺したということかね？」

と、十津川はきいた。

「そうです。平木は、フラスコの中に入っていた青酸入りのウイスキーを飲んで死んでいますが、そんなことができるのは、まず、妻のゆかですから」

「動機は？」

「平木は、女にだらしがなかった。これは、小説パーティの編集長たちが、証言しています。芸者を身請けしたり、ホステスに店を持たせたりしています。妻のゆかにとっては、耐えられなくなったんじゃありませんか。それが、ずっと根にあって、毒殺したんじゃないかと、思いますね」

と、西本はいった。

「日頃《ひごろ》の恨みつらみからの犯行か？」

「そうです。ちょうど、小説パーティと問題が起きた。チャンスだと思ったんじゃありませんかねえ」

「そのごたごたから、自殺したと見せかけようとしたというわけかね？」

「はい」

「たしかに、その可能性もあるがねえ」

と、十津川はいった。

どうしても、「鬼怒川心中事件」という原稿のことが、引っかかってくるのだ。

妻のゆかが犯人だとすると、この原稿は、事件とまったく関係がなくなってしまうからである。

その夜、十津川は亀井と、捜査本部に泊まり込んだ。

亀井の淹《い》れてくれたコーヒーを飲みながら、十津川は、問題のゲラに眼を通した。読み返すのは、三回目である。


〈私は、告白する。

この言葉を、私は、何回、口の中で、呟《つぶや》いたことだろう？　五回、六回、いや、毎日のようにだった。ただ、それを文字にする勇気はなかったし、告白したことに、責任を取る気力もなかった。

私は、現在、画家として、ある程度の名声を得ている。自分では、甘い絵だと思うのだが、なぜか、若者たちの支持を受け、号百万で売れる。

私は、いつのまにか、傲慢《ごうまん》になっていたのだと思う。銀座のクラブへ行けば、ホステスたちが、ちやほやしてくれるのをいいことに、気に入った女と関係を持ち、彼女に店を持たせて、パトロンを気取ったりした。

芸者を身請けして、マンションに、住まわせていたこともある。自分には、それが許されるのだと、思っていたのである。

そんなとき、私の眼の前に、柳原《やなぎはら》マリが現われた。

銀座のS画廊《がろう》で、個展を開いたときだった。彼女が、ふらりと入って来て、ちょうど、居合わせた私に向かって、

「私を描いてくださらない？」

と、声をかけてきたのだ。

私は、彼女の猫のような眼に、引きつけられた――〉

「警部」

と、急に呼ばれて、十津川は、ゲラから顔を上げて、亀井を見た。

「何だい？　カメさん」

「これを見てください」

と、亀井は、夕刊の社会面を見てその一カ所を指さした。

〈鬼怒川で、若い女の死体発見さる〉

という見出しだった。十津川は、亀井に促《うなが》されるままに、その記事の内容に眼を通した。

〈十六日の午前十時ごろ、鬼怒川温泉の裏山の林の近くで、K旅館の従業員、中《なか》田《た》透《とおる》さん（三十五歳）が、犬を連れて歩いていて、地中に埋められた死体を発見し、警察に届け出た。

死体は、腐乱《ふらん》しかけていたが、年齢二十歳から二十五歳の若い女性で、死後、約一カ月ほど経《た》っているものと思われる。警察は、殺人事件と見て、女性の身元確認を急いでいる〉

「どう思われますか？」

亀井が、眼を光らせてきいた。

「カメさんは、これが、『鬼怒川心中事件』のストーリーと、同じだと思うわけかね？」

と、十津川はきいた。

「そのとおりです。ぴったりと一致していますよ。小説でも、『私』が、鬼怒川で若い女を殺して埋め、一カ月後に、『私』は、自殺し、同時に、鬼怒川でも死体が見つかるんです」

亀井が、勢い込んでいう。

「だがね。まだ、この若い女の身元は、わかっていないんだよ」

十津川は、慎重《しんちょう》にいった。

「きっと、平木と関係のある女だと、思いますよ」

と、亀井はいった。

翌日、十津川は、鬼怒川警察署に電話をかけた。電話に出てくれたのは、この事件を担当することになった竹田《たけだ》という警部だった。

竹田は、突然、警視庁の刑事から電話を受けて、びっくりしたらしい。

「あの腐乱死体が、そちらの事件と、関係があるわけですか？」

と、竹田はきく。

「正直にいって、まだ、わかりません。まったく関係がないかもしれません。問題は、彼女の身元なんですが、わかりそうですか？」

と、十津川はきいた。

「女は、裸で埋められていて、身元を確認できるものは、何も見つかっていません。ただ、地元の人間でないことは、たしかです。二十歳から二十五歳の地元の女性で、行方不明になっているのは、一人もいませんから」

と、竹田はいった。

「すると、観光客ですか？」

「いま、その線で調べています」

「わかったら、すぐ、知らせてください」

と、十津川はいった。

十津川は、晴海埠頭での目撃者を見つけることに、全力をつくした。

十五日の午後十時から、十一時までの間に死亡しているのなら、誰か、目撃しているのではないか。

だが、この時間帯、小雨が降っていたことがわかった。そのために、目撃者がいないのだ。

十八日になって、鬼怒川署の竹田警部から、電話が入った。

竹田は、嬉《うれ》しそうな声で、

「例の女の身元が、わかりかけてきました。一カ月前に、鬼怒川温泉に泊まっていた女だと思われます」

「やはり、観光客だったんですか?」

「そうです。五月十日から十五日まで、W旅館に泊まっていた女だと思われます。宿泊カードの名前は五十嵐《いがらし》ユキで、住所は、東京都世田谷《せたがや》区祖師谷《そしがや》×丁目のヴィラ世田谷508号となっています。しかし、この名前も住所も、でたらめでした。世田谷区祖師谷×丁目に、この名前のマンションは、存在しないとわかりましたから」

「しかし、東京の女ということは、間違いないようですね?」

と、十津川はきいた。

「そうなんです。W旅館のフロント係やルームサービスの係にきいても、この女が、東京の人間であることは、間違いないといっています」

「女は、その旅館に、ひとりで泊まっていたわけですか?」

と、十津川はきいた。

「ひとりです。ただし、彼女が泊まった五月十日の夕方、彼女に、男の声で、電話がかかっています」

「なるほど」

「彼女は、十五日までの間、毎日、外出していますが、これは、電話の男に会いに出かけていたんだと思いますね」

と、竹田は、いった。

「彼女は、十五日に、チェック・アウトしたわけですか?」

と、十津川はきいた。

「十五日の午後三時に、チェック・アウトしています」

「そのあとの足取りは、わかりませんか？」

「わかりません」

「彼女の顔のモンタージュは、できそうですか？」

と、十津川はきいた。

「W旅館の従業員の協力で、いま、作成中です。腐乱しているため、顔も、はっきりしていませんでしたが、これで、どんな顔だったか、わかると思います」

「できたら、すぐ送ってください」

と、十津川はいった。

一時間ほどして、そのモンタージュが、FAXで送られてきた。

眼の大きな、エキゾチックな顔立ちだった。

「ハーフの感じですね」

と、若い刑事たちがいった。

「これから、どうしますか？」

と、亀井がきく。

「もちろん、このモンタージュを持って平木の周辺の聞き込みをやる。平木が、鬼怒川の事件に関係していれば、自然に、この女の身元が割れてくるさ」

と、十津川はいった。

刑事たちは、モンタージュを手にして、聞き込みに走った。

結果は、あっさりと出た。

平木がつき合っていた木目《きめ》みどりという女子大生に、似ているというのである。

そう証言したのは、月刊センチュリーの編集長と、作家仲間の一人だった。

月刊センチュリーの編集長は、苦笑しながら、

「平木先生の原稿が載ったとき、雑誌を、どこに送りましょうかときいたら、四谷《よつや》のマンションに送ってくれというんですよ。それで、送るより、持って行ったほうが早いと思って、そのマンションに行っ

たら、彼女がいたわけです」

と、いった。

作家の広田《ひろた》は、十津川に向かって、

「私と平木は、いわば悪友でね。私も、女遊びをするが、彼も派手《はで》にやる。二カ月ほど前にね、今度は、女子大生と、仲良《なかよ》くなったというんだ。なんでも、四分の一、スウェーデンの血が混じっていて、すごい美人だといっていた。それで、見に行ったよ。たしかに、美しかった。羨《うらや》ましかったね」

と、いった。

「その後、彼女を、見ていますか？」

と、十津川はきいた。

「それが、今月になって、平木にきいたら、もう別れたと、いっていたね」

と、広田はいった。

「そのとき、平木さんは、どんな様子でしたか？」

「べつに、変わった様子は、なかったと思うがねえ」

と、広田はいった。

十津川は、木目みどりという女子大生のことを調べた。

みどりは、鳥取《とっとり》県の出身である。

米子《よなご》に生まれ、地元の高校を卒業したあと、東京のK大に入った。

平木と知り合ったのは、三年になったときと、思われる。

米子には、両親が健在で、みどりの妹で、短大生のかおりと一緒に、住んでいると知って、十津川は、日下《くさか》と北条早苗《ほうじょうさなえ》の二人を、米子に行かせた。

二人は、両親と妹に会い、みどりのことをきき、それを、電話で十津川に知らせてきた。

「みどりが、死んでいたようだと知って、両親は、ショックを受けています」

と、北条早苗はいった。

「両親は、彼女が、平木とつき合っていたのを、知らなかったのかね？」

と、十津川はきいた。

「木目家の教育方針は、不干渉《ふかんしょう》だそうで、二十歳を過ぎた娘のみどりの生き方には、干渉せずにきたので、どんな男とつき合っているか、知らなかったと、いっています」

「自由にね」

「それに、今度の夏休みには、家に帰るといっていたので、それを楽しみにしていたといっていますわ」

と、早苗はいった。

「夏休みに帰るといったのはいつなんだ？」

「先月の五月十四日だったと、いっています」

「じゃあ、鬼怒川にいたときじゃないか」

「そうなりますね」

と、日下がいった。

「そのほか、木目みどりについて、わかったことはないか？」

「彼女が、両親宛に出した手紙を、何通か見せてもらいましたが、彼女が、平木とつき合っていたことを示す手紙はありません」

と、日下はいった。

「両親は、これから、鬼怒川へ行くと、いっています。私と日下刑事は、彼女の写真を借りて、帰京します」

と、早苗はいった。

二人は、帰って来て、何枚かの写真を十津川に見せた。いずれも、木目みどりの写真だった。

十津川と亀井は、木目みどりが住んでいた四谷三丁目のマンションへ行ってみた。

ヴィラ四谷の６０２号室だが、すでに別の人間が住んでいた。

管理人に会って、話を聞いた。

「じつは、困っていたんですよ。五月九日か十日に、旅行してくるといって、出かけられたんですがね。六月に入っても、帰って来ないんですからね」

「それで、どうしました？」

と、亀井がきいた。

「保証人の方に、電話しました」

「保証人というのは、平木さんのことですか？」

「ええ。部屋を借りるとき、作家の平木さんが、保証人になっていましたからね」

「それで、どういう返事でした？」

「木目みどりさんは、郷里に帰ってしまったので、荷物などは適当に処分してくれと、いわれました」

と、管理人はいう。

「そのとおりにしたんですか？」

「家具などは、売却しましたが、手紙や写真、それに衣服などは、処分するわけにはいかないので、平木さん宛に送りました。面倒でしたよ」

「そうでしょうね」

「それにしても今の若い人は、勝手なもんですねえ。何もかも放り出して、突然、故郷に帰ってしまうんですから」

そういって、管理人は溜息《ためいき》をついた。

管理人は、木目みどりがこのマンションを借りたときの契約書の写しも、見せてくれた。

なるほど、保証人の欄に、神名明信の名前がある。借りたのは、今年の四月だった。そのころから平木と関係ができたということなのだろう。

「これで、平木が、女子大生の木目みどりと関係を持ち、鬼怒川で殺したことは、間違いないんじゃありませんか」

と、亀井が捜査本部に戻るパトカーの中でいった。

「木目みどりは、美人だよ」

「ええ」

「それに、若い」

「ええ」

「そんな木目みどりを、平木は、なぜ殺したのかね？」

と、十津川はきいた。

「それは、きっと、彼女が平木に、結婚を迫《せま》ったからじゃありませんか？」

「奥さんと別れて、自分と一緒になってくれとかね？」

「そうです」

「しかし、殺さなくても、何とか、説得することはできたんじゃないかね？　大学を卒業するまで待てとか」

「その誤魔化《ごまか》しが利《き》かなくなって、殺してしまったんじゃありませんか？」

と、亀井はいった。

捜査本部に戻ってすぐ、鬼怒川から、竹田警部が電話をかけてきた。

「いくつかの点で、進展がありました。まず木目みどりの死因が、はっきりしました。脳挫傷《のうざしょう》です。背後から、殴《なぐ》られたんだと思います。それと、鬼怒川温泉のすべてのホテル、旅館をチェックしたところ、五月十日から十五日まで、Kホテルに平木と思われる男が泊まっていたことが、わかりました」

「やはり、平木も、同じときに、鬼怒川にいたんですか」

「平木ではなく、山本健《やまもとたけし》という偽名《ぎめい》で、泊まっています」

「十五日まで、泊まっていたとして、どんな行動をとっているんですか？」

「十五日の午後三時に、チェック・アウトしています」

「木目みどりと、同じですね？」

「ええ。そのあと、木目みどりを殺し、埋めたんだと思います」

と、竹田はいった。

「十日から十五日まで、毎日、鬼怒川のどこかで、二人は会っていたんでしょうね?」

と、十津川はきいた。

「男は毎日、外出していたそうです。だから、木目みどりと会っていたのは、間違いないと、思いますね」

竹田は、自信にあふれた調子でいった。

「二人が会っていたところを、目撃されたことがあるんでしょうか?」

「まだ、見つかっていませんが、遠からず見つかると思っています。鬼怒川は、たいして広くありませんからね。どこでデートしようと、目撃されているはずです」

と、竹田はいった。

「彼女の両親が、そちらへ行ったと思いますが」

「ええ、お見えになっています。辛《つら》かったですよ。何しろ、腐乱して、顔もはっきりしない死体ですからね」

と、竹田はいった。

「そうでしょうね」

「十津川さんは、犯人は、平木と思われるんですか?」

「七十パーセントぐらいの確率で、そう思います。平木の書いた原稿に、それらしいことを匂《にお》わせる箇《か》所《しょ》があるんです。これからFAXで送りますから、眼を通してみてください」

と、十津川はいい、例のゲラをFAXで、鬼怒川署に送った。

そのあと、十津川は、難しい顔で考え込んでいた。

「どうされたんですか?」

と、亀井が心配してきいた。

「作家というのは、どこまで、告白するものかねえ？」

と、十津川は逆に亀井にきいた。

「小説の形をとってですか？」

「ああ、そうだ」

「私は、作家じゃないからわかりませんが、あらゆる経験を小説に書いてしまうんじゃないですか？」

と、亀井がいった。

「殺人までかい？」

「小説に託《たく》せば、書く人もいるんじゃありませんかねえ。小説なら、突っつかれても、あれは想像の産物だといって、逃げられますからねえ」

と、亀井がいう。

「しかし、死体が見つかったら、どうしようもなくなるんじゃないのかねえ。書いたことが、命取りになりかねない」

と、十津川はいった。

亀井は頷いた。が、

「そこが、物書きの業《ごう》みたいなものじゃないんですかね」

と、いった。

「業ねえ」

「この小説の中でも、『私』は、告白したくて仕方がなかったと書いています。平木は、作家です。自分のやったことを、文字にしたくて仕方がなかったんじゃないんですか。主人公を画家ということにして、とうとう小説にして、小説パーティに送りつけた。誘惑に負けて、最後の河《かわ》を渡ってしまったわけです」

「そのあとで、これは、自分が書いたものじゃないと、小説パーティの編集長に文句をいって、掲載させまいとしたのはどういうことかな？」

「それは、いま、警部のいわれたように、この作品が命取りになりかねないからですよ。書いて送ったあと、それを思い出して、あわてたんじゃありませんかね。鬼怒川で、彼の関係のあった女の死体が見つかれば、否応《いやおう》なしにこの小説を思い出す。当然、警察が関心を持つだろう。そう思って、平木は、あわてて取り返そうとしたんでしょう」

「それができなくて、自殺か？」

「自殺とすれば、そうなります。平木みたいな男は、意外に世間体《せけんてい》を気にするものです。自分が手錠《てじょう》をかけられた姿を想像するだけで、絶望的になってしまう。だから、自殺した。彼の死が自殺とすれば、こうなります」

と、亀井はいった。

「しかし、カメさんは、自殺とは、思わないんだろう？」

と、十津川がきいた。

「そうです。自殺では、あまりにも、小説どおりになってしまいます。それが、私には不満ですね」

と、亀井はいった。

5

〈私は、しばらくの間、マリを女として意識しなかった。正確にいえば、それまでに、私が知っていた女たち、妻も含めてだが、とは、違っていたから、別の生き物のように見ていた。

もっと、あけすけにいえば、彼女は、二十一歳になっていたが、子供だった。ただし子供の猫なのだ。

ほかの女のように、私に甘えることもなく、私を喜ばせることもしなかった。いや、彼女らしいやり方で、私を喜ばせはしたが、次の瞬間には、私のことなど、忘れてしまったような顔をするのだ。

絵のモデルの話にしても、そうだった。自分から、描いて欲しいといってきたくせに、三日ほど、大人《おとな》しく、モデルになっていたかと思うと、突然、いなくなってしまった。私は、わがままに腹を立てながら、彼女を探した。呆《あき》れたことに、彼女は、私が、一カ月間のモデル料として前渡ししていた金で、ボーイフレンドとハワイへ行っていたのである。

私は、彼女が約束を破ったことと、勝手に肌を焼いたことで、叱りつけたのだが、彼女は、なぜ、自分が叱られるのかわからないような顔つきだった。

それなのに、私は、彼女をまた、モデルに使って絵を描き続けた。彼女以外のモデルを使いたくなかったのだ。それに、彼女が何気ない調子で、ハワイへ行った彼とは別れたわ、といったとたんに、すべてを許す気持ちになってしまった。

どんな女に対しても、私は、自分が主導権を握っているという自信があった。才能豊かなインテリ女性に対しても、美貌に恵まれた女性に対してもである。

だが、マリに対しては、それができなかった。といって、彼女が主導権を握って、私を引きずり廻したというのではない。彼女には、男と女のどちらが主導権を握るかなどということは、まったく頭になかったにちがいない。彼女は、ただ、自由に、勝手気ままに行動していたにちがいないのだが、私は、そんな彼女の得体の知れない魅力に、勝手に引きずり廻された。

私は、なぜか、彼女を自分の檻《おり》の中に閉じ籠《こ》めようとした。金を使い、時には、卑劣と思われる手段を使った。だが、そのたびに、彼女は、するりと、私の手の中からすり抜けてしまった。

私は、四十五歳になる今日まで、女に対して、自分の年齢《とし》というものを、意識したことはなかった。

マリより若い女とつき合ったこともある。そのときだって、私は、彼女に命令し、傲慢《ごうまん》に振舞い、年齢の差など感じなかった。ところが、マリのとき、初めて、私は、自分の年齢というものを感じてしまった。そのうえ、マリは、どんどん美しく輝いてくるのだ。

私は焦《あせ》り、そのことに自分で腹を立てて、何とかして、彼女をしっかりと自分につなぎ留《と》めようとした。

友人たちは、なぜ、あんな小娘に振り廻されているのかと、私を叱り、妻は、私の行動に呆れて、離婚をいい出した。

しかし、このときの私は、友人たちの忠告も、妻の怒りも耳に入らなかった。ひたすら、マリにのめり込み、彼女を、完全に自分のものにしたいという思いだけに、支配されていたのだ。


そして、私は、マリを連れて、鬼怒川に出かけた――〉

十津川は、ゲラから眼を上げた。

そこに書かれていることが、これまで、調べあげた平木と木目みどりの関係に、ダブってくる。

平木の性格や女性関係は、小説の「私」にそっくりである。平木がみどりとの関係を持ってから、友人の作家が忠告したことも、小説のとおりなのだ。

そして、平木は、みどりを鬼怒川に連れ出している。それも、同じだ。

「平木の妻ゆかは、どうだったんだろうか？」

と、十津川は亀井を見た。

「小説では、主人公の妻は、離婚を考えていたことになっていますね」

「離婚をいい出したと、書いてある」

「平木の妻のゆかは、北条刑事の質問に対して、離婚を考えたことはないと、いっているようです」

と、亀井はいった。

「本当かな？」

「わかりませんね。自分の不利になっては困ると思って、嘘をついているのかもしれません」

「ゆかという女のことを、調べてみる必要があるね」

と、十津川はいった。

平木は、何人もの女と関係を持ち、揚句《あげく》の果《は》てに、女子大生の木目みどりと二人で、鬼怒川に出かけた。そんな夫を妻のゆかが、簡単に許せたとは思えない。

十津川の指示で、刑事たちは、ゆかという女について、徹底的に調べることになった。

ゆかは、現在、三十三歳。夫の平木とは、ちょうどひと廻り年齢《とし》が違う。

ゆかは、資産家の次女として生まれている。小、中、高校と、美しいが、大人しく、目立たない生徒だったという。

大学時代、ゆかは文学少女で、感傷的で、涙もろかったと、友人たちは証言した。

大学四年のとき、大学の先輩で、新進作家のNと心中事件を起こした。Nには、妻がいたからである。

「あのときは、驚いたわ」

と、同窓の女友だちの関根冴子《せきねさえこ》がいった。

「そんなことをするようには、見えなかったからですか？」

と、日下刑事は彼女にきいた。

「ええ。いわば、不倫でしょう。彼女なら、自分が身を引いて、じっと耐える人じゃないかと、思っていたんです。そしたら、彼と心中でしょう？　びっくりしましたわ。ゆかに、こんな激しいところがあったなんて、気がつかなかったんです」

「この心中事件は、二人とも、助かったんでしたね？」

「ええ」

「心中は、どちらから持ちかけたんでしょうか？」

と、日下はきいた。

「私はてっきり、Nさんが持ちかけて、ゆかが、彼の情熱に引きずられたんだろうと思ったんです。それなら、ゆからしいからですわ。みんな、そう思ったんです。でも、じっさいには、ゆかが持ちかけて、Nさんが引きずられたと知って、あらためてびっくりしましたわ」

と、冴子はいった。

「平木さんと、結婚したことは知っているね？」

「ええ。結婚式に呼ばれましたもの」

「なぜ、彼女は平木さんと結婚したんでしょうか？平木さんは、たしか、そのころ、前の奥さんと別れて間もなくだったし、女性関係が乱れていることで有名だったはずなんですが」

と、日下はきいた。

「あれは、見合いだったんです。彼女が、文学好きだったので、平木さんのお友だちが、会わせたと聞きましたわ。彼女も、平木さんの噂《うわさ》を知っていたと思うけど、三十の大台に乗っていたし、両親にも、早く結婚しろといわれていたので、平木さんと一緒になったんだと、思いますわ」

と、冴子はいった。

「平木さんが、車の中で死んだのは、ご存じですね？」

「ええ。びっくりしましたわ」

「そのことで、ゆかさんと、電話で話したりしたことは、ありますか？」

「いいえ。きっと彼女も、落ち込んでいると思って、電話しようかと思うんですけど、何となく、遠慮したほうがいいかなと、思ったりして――」

「じつは、平木さんが、最近二十一歳の女子大生とつき合っていたことが、わかったんです。平木さんは、完全に彼女に参っていました。そのことは、ゆかさんから聞いたことがありますか？」

と、日下はきいてみた。

「そんなとき、ゆかさんは、どんな態度をとると思いますか？」

「ゆか自身は、何といっているんですか？」

と、今度は冴子がきいた。

「離婚は、考えなかったといっていますがね」

「そうだろうなと、いいたいところですけど、あの心中事件のことを考えると、ゆかがじっと耐えて、離婚を考えなかったというのは、信じられなくなるんです」

と、冴子はいった。

「じゃあ、離婚を考えていたと、思いますか？」

「いいえ」

と、冴子は首を横に振った。

「でも、いま、離婚を考えないというのは、信じられないと、いったはずですよ」

「ええ。ただ、彼女は、離婚、離婚と、騒ぎ立てたりはしなかったろうと、思うんですよ」

「じゃあ、どうしたと？」

「もし、まだ、ご主人の平木さんを愛していたら、きっと、私と一緒に死んでくださいと、迫ったんじゃないかと思いますわ。それが、彼女らしいんですもの」

と、冴子はいった。

「平木さんを、愛していなかったら？」

「そのときは、さっさと家を出てしまうんじゃないかと思いますけど」

と、冴子はいった。

刑事たちは、関根冴子以外にも、ゆかを知っている人たちに会って、話をきいた。

面白かったのは、大学時代の心中事件を知らない人たちは、いちように、夫の浮気を知っていても、ゆかはじっと耐えて、離婚など考えなかったろうといい、心中事件を知っている人たちは、関根冴子と同じく、ゆかは激しく嫉妬《しっと》し、激しく対応しようとしていたはずだといった。

「ゆかが平木を殺した可能性が、強くなったんじゃありませんか」

と、亀井は、あらためていった。

6

二十二日になって、小説パーティの八月号が発売され、十津川は、一冊買って捜査本部に持ち込んだ。

表紙には、ただ、平木明・鬼怒川心中事件とだけ、載っていたが、目次のほうは、平木の死で、急遽《きゅうきょ》、印刷し直してあった。

〈事実か、それとも創作か、問題作の「鬼怒川心中事件」——平木明〉

と、書かれていた。

また、小説パーティ八月号の広告でも、こううたわれていた。

〈作者の死を予告した「鬼怒川心中事件」・平木明〉

十津川は、それを見ながら、

「容疑者が、また一人、出てきたよ」

と、亀井にいった。

「誰ですか？」

「小説パーティの編集長、長谷川だよ」

「なぜですか？」

「事件のとき、いちばん得《とく》をしたのは誰かが、問題になるだろう？　妻のゆかは、平木の遺産を引き継いだから、得をしただろうが、もともと、彼女は資産家の娘だ。小説パーティのほうは、ほかの文芸雑誌と同じで赤字だが、編集長の長谷川は、少しでも売れ行きを伸ばそうと、思っていたはずだ。ところが、八月号を印刷に廻す段階になって、平木から、彼の原稿について、クレームが出た。下手《へた》をすれば、八月号が出なくなってしまうかもしれない。そうなれば、編集長の責任問題にもなりかねない。ところが、平木の作品を読むと、平木と思われる主人公が、若い女を鬼怒川で殺し、そのあと、自ら命を絶っている。もし、平木が死ねば、この作品は、平木自身の告白として受け取られ、人気が出るにちがいない」

「そう考えて、長谷川が、自殺に見せかけて、平木を殺したということですか？」

「そうさ。八月号はつつがなく発売され、広告も刺激的なものになった。きっと、この八月号は、いつもより売れるんじゃないかな」

と、十津川はいった。

「すると、青酸入りのウイスキーを飲ませたのは、長谷川編集長というわけですか？」

と、亀井がきいた。

「平木の妻のゆかも、毒入りのウイスキーを飲ませられる立場にいたが、長谷川も同じだったと思うね。彼は、小説パーティの編集長として、平木とは長いつき合いだったはずだよ。あの原稿の件は、先生のいうとおりにお返ししましょうといって、平木を安心させ、仲直りに一杯どうですかと、シーバスリーガルをすすめる。平木は、ほっとして、飲み干して死んだ」

「では、革貼りのフラスコは、平木のものではないということですか？」

「長谷川が犯人とすれば、そうなるね。長谷川が同じものを買い、それにシーバスリーガルを入れ、青酸を混入して、平木にすすめたのさ。平木が死んだあと、フラスコをきれいに拭《ふ》き、彼の指紋をつけておく。そうすれば、自殺に見せかけられるからね」

と、十津川はいった。

「雑誌の編集長が、はたして、そこまでやるでしょうか？」

亀井が、首をかしげた。

「長谷川は、いくつだったかね？」

「たしか、五十歳になったところだったと思います」

「小説パーティを出しているあの出版社は、五十五歳で、定年だったんじゃないかね。長谷川としたら、ここでひと手柄《てがら》立てて、定年までに、何とか部長になりたいんじゃないかね。役員にさ。そのチャンスだったんだよ」

と、十津川はいった。

「それでも、殺人をするでしょうか？」

「ただ、うまくやって、雑誌の売れ行きを伸ばせるだけだったら、長谷川は、平木を殺さなかったかもしれん。だが、殺さなければ、編集長の椅子《いす》が、危なくなるところだったんだ。それを考えれば、長谷川にも、十分、動機はあるよ」

と、十津川はいった。

「長谷川を、呼びますか？」

「いや、こちらから、会いに行こうじゃないか」

と、十津川はいった。

十津川と亀井は、神田に行き、長谷川に会った。

雑然とした編集室には、八月号の吊広告が貼られていた。

十津川は、長谷川に会うなり、

「どうですか？　八月号の売れ行きは」

と、単刀直入《たんとうちょくにゅう》にきいた。

長谷川は、嬉しそうに、

「今のところ、いいですねえ。赤字解消というわけには、いきませんが、いつもの倍は、いくんじゃないかと、期待しています」

と、いった。

「すべて、平木明の小説のおかげですか？」

「まあ、そうですね」

「平木さんが死んで、あなたには、よかったわけですね？」

「私にというより、小説パーティにとって、ラッキーだったですね。平木先生が死んで、喜んでは不謹《ふきん》慎《しん》なんですが」

と、長谷川は小さく肩をすくめた。

「広告では、あの作品が、平木さんの告白みたいに、宣伝していますね」

と、亀井がいった。

「そうですかねえ。私としては、あいまいな表現にしたつもりですがね」

「あなた自身は、どうなんですか？」

と、亀井がきく。

「何がですか？」

「あの作品と同じように、鬼怒川で若い女の死体が発見され、その女は、平木さんと親しかった。そして、平木さんは死ぬ。小説も、同じようになっています。あなたは、平木さんが、彼女を殺し、自責の念から自殺したと思いますか？」

と、亀井はきいた。

長谷川は、当惑した表情をつくって、

「死者に鞭打《むちう》つようなことは、いいたくありませんね」

「別のきき方をします。あなたから見て、あの作品は、平木さん自身のことだと、思いますか？」

と、亀井はいって、じっと長谷川を見つめた。

「小説と、現実は違います。どこかに、フィクションの部分があるものですよ。しかし、今から考えると、あの作品は、本当の部分が多かったんじゃないかと、思いますね」

と、長谷川はいった。

「では、平木さんが、あの作品を書いたあと、死を考えていたと、思いますか?」

と、十津川がきいた。

「さあ、どうですかねえ。奥さんと韓国旅行をしたりしているところを見ると、死を覚悟していたとは思えない。しかし、じっさいに自殺したとなると、考えていたのかななんて、思うんですよ」

「あなたが、殺したんですか?」

と、亀井がいきなりいった。

「私が? とんでもない。なぜ、私が、平木先生を殺さなければならないんですか?」

長谷川は、怒ったような顔で、亀井を見返した。

亀井のほうも、負けずに長谷川を見すえる感じで、

「あの原稿のことで、平木さんともめていたんでしょう? 平木さんを自殺に見せかけて殺せば、もめたことは解消できるし、雑誌の宣伝にもなりますからね」

と、いった。

「私にとって、平木先生に限らず、作家は、宝ですよ。その先生を殺すはずがないじゃありませんか」

「それなら、十五日の夜十時から十一時の間、どこで、何をしていました?」

と、なおも亀井がきいた。

「自宅で、酒を飲んでいたはずですよ。夜が明けたら、もう一度、平木先生に会って、あの原稿を、八月号に載せることを許可してくれと、頼むつもりだったんです。酒の味は、よくわからなかったな」

と、長谷川はいう。

「長谷川さんは、平木さんの死をどう思いますか？」

と、十津川がきいた。

「どう思うというのは、どういうことですか？」

「あれを自殺と思うか、誰かが毒入りのウイスキーを平木さんに飲ませたのか、どちらだと思いますか？」

「私は、自殺だと思いますね。こんないい方は、おかしいかもしれませんが、自殺のはずです。自殺でなければいけないと、思っていますよ」

そんないい方を、長谷川はした。

「自殺なら、小説の『鬼怒川心中事件』と、一致するからですか？」

と、十津川はきいた。

「そうです」

「そのために、彼の死は、自殺でなければ、ならないというわけですか？」

「ええ」

「少しばかり、乱暴な意見ですね？」

「もちろん、わかっています。ただ、平木先生は、自分の美学のために自殺したと、私は、思いたいんですよ」

と、長谷川はいった。

「美学のためですか――」

十津川は、苦笑して、長谷川を見た。この男は、意外にロマンチックな性格なのだろうか？　それとも、自分が殺しておいて、とぼけて、美学などといっているのだろうか？

7

鬼怒川署の竹田警部が、木目みどりの件で、打ち合わせのため、上京してきた。

電話では、何回か話をしているが、会ってみると、三十代の若い警部だった。若いだけに、自分の考えには、自信を持っていた。

「平木明が、鬼怒川で、木目みどりを殺したことは、まず間違いないと思っています」

と、竹田は十津川にいった。

「それは、どういうことからですか？」

と、十津川はきいた。

亀井刑事も、横で竹田を見ている。竹田は、警察手帳の書き込みを見ながら、

「五月十日に、平木は、鬼怒川に来ているわけですが、十四日に、レンタカーを借りていることが、わかりました。それも、鬼怒川で借りたのではなく、わざわざ福島《ふくしま》県まで行き、会津若松《あいづわかまつ》で借りているのです。たぶん、このころから、平木は、木目みどりを殺すことを考えるようになったのだと思います」

「レンタカーは、殺しに使うつもりで借りたんじゃないかと、いうことですね？」

と、十津川がきく。

「そうです。殺して、運び、埋めるためには、車が必要ですからね。そのために、十四日の夕方、平木は、レンタカーを借りたんですよ。土を掘り起こすためのスコップだって、車がなければ、持ち運べないでしょう。平木は、その車を十六日に返していますか。木目みどりが消えたのが、十五日の午後ですから、平木は、十五日に木目みどりを殺し、レンタカーで鬼怒川温泉の裏山に運び、埋め、翌十六日に、車を返したんだと思いますね」

と、竹田は自信たっぷりにいった。

「平木の借りた車が、なぜ、会津若松のレンタカーだと、わかったんですか？」

亀井が、きいた。

「平木の泊まったホテルの従業員が、その車を見て、ナンバーを覚えていてくれたんです。栃木《とちぎ》のナンバーではなく、福島のナンバーで、白いソアラだ

ったというので、福島県警に調べてもらったのです。その結果、会津若松にあるトヨタの営業所のレンタカーと、わかりました。平木は、山本健の偽名で、鬼怒川のホテルに泊まっていたわけですが、レンタカーは、免許証の提示が必要です。だから、わざわざ会津若松まで行って、借りたんだと思います」

「なるほど」

「それに、このことは、平木の書いた『鬼怒川心中事件』にぴったり一致していますよ」

と、竹田はいった。

たしかに、そのとおりだった。小説では「私」が、マリを殺す決心をしたときのことは、次のように書かれていた。

〈私は、マリを殺すことに決めた。殺さなければならないと、思ったのだ。このままいけば、たぶん私は、彼女に振り廻され続けて、疲れ切り、年齢《とし》をとっていくだろう。それも、彼女が、私を憎んで、私を傷つけようとしているのなら、私も楽しく戦い、楽しくあやしてやれるのだが、マリは、何も意識していないのに、私が、勝手にきりきり舞いしているのだ。よくわかっていながら、どうすることもできない。そんな自分が情けなくて、ときには、彼女を殺して、自分も死にたくもなる。だが、こんな小娘のために死ねば、何をいわれるかわからない。私の画家としての名声も、地に墜《お》ちてしまうだろう。そんな、どろどろした俗っぽい雑念も絡《から》んできて、最後に、私は、マリを殺すほかないと考えたのだ。

それも、永久に発見されぬように、海中か地中に埋葬《まいそう》してやろうと思った。

最初に考えたのは、車のことだった。マリは、真っ赤なポルシェが欲しいといっていたから、望みどおり、新しいポルシェを買い与え、車ごと深い海底に沈めることだった。

しかし、今からポルシェを注文しても、すぐには手に入らない。時間が経てば、私の決意は失われ、また、マリとの実りのない生活が続くことになってしまうだろう。それも、私の一人芝居の生活で、疲れ切ってしまうことは、眼に見えている。

だから、私は、赤いポルシェを手に入れるのを諦《あきら》め、彼女を地中深く埋めてやることにした。

私は、死体を運ぶために、車が必要だと思った。東京に戻って、自分の車を使うことも考えたが、妻と顔を合わすのは、嫌だったから、レンタカーを使うことにした。鬼怒川で借りたのでは、あとで簡単に足がついてしまうだろうと思い、私は、離れた場所で借りることにした。

県境を越えたA市で、私は、レンタカーを借りた。

そして、翌日、マリをドライブに誘った。彼女は、機嫌がよかったが、突然、鬼怒川はもうあきたから、外国へ行きたい、それも、オーストラリアへと、いい出した。学校はどうするのかときくと、彼女は、笑い出した。笑うのが当然だった。鬼怒川に連れ出して、その間、大学を休ませたのは、私なのだから。

マリは、オーストラリアには、ボーイフレンドの一人と行くといった。彼女の場合はそういって、私に嫉妬させようというのではないのだ。ただ、単に、オーストラリアには、中年の私ではなく、若い男と行きたいだけのことなのである。

それだけに、私は、なおさら腹を立て、背中を向けたマリの後頭部に向かって、スパナを振り下ろした。

二回、三回と、私は殴りつけた。憎しみが激しかったからというよりも、彼女が振り向いて、ニッと笑いかけてくるのではないかという怯《おび》えからだった。

しかし、彼女は、ぐったりとなり、笑いかけても、怒ってもこなかった。私は、息絶えたマリを車のトランクに入れ、鬼怒川温泉の裏山に向かって、車を走らせた。

杉林の中に、マリの死体を引きずって行き、私は、用意して来たスコップで、彼女を埋める穴を掘り始めた。

二度と、発見されないような、深い穴を掘るつもりだったのだが、人間一人を殺すことが、こんなに重労働だとは思わなかった。私は、マリを殺すことで、疲れ切ってしまい、どうしても、深い穴を掘ることができなかった。

仕方なく、私は、浅い穴にマリの死体を埋葬した——〉

A市が、会津若松市だと考えれば、たしかに、平木が木目みどりを殺し、埋めたと考えていいだろう。

「それで、平木が、五月十四日に会津若松で借りた車は、あったんですか？」

と、亀井がきいた。

竹田は、ニッコリして、

「もちろん、ありましたよ。白のソアラです」

「トランクの中から、木目みどりの髪の毛か何か、見つかりましたか？」

と、亀井がきくと、竹田は、小さく肩をすくめて、

「亀井さん。あの事件のあと、一カ月以上たっているんですよ。その間、何人もの人間が同じ車を借りて、乗り廻しているんです。営業所が車を掃除してもいます。トランクから木目みどりの頭髪が発見さ

れればいいんですが、それは無理というものですよ」

と、いってから、また笑顔に戻って、

「これで、鬼怒川で起きた殺人事件は、解決したものと、思います。うちの本部長も、同意見です。明日の記者会見では、その旨《むね》、本部長が発表し、捜査本部を解散することになると思います。犯人が死亡してしまっているのが、残念ですが」

と、いった。

8

竹田警部は、鬼怒川に帰って行った。

栃木県警からも、夜になって、警視庁の捜査本部長、三上《みかみ》刑事部長に、正式に通告があった。明日、記者会見を開き、容疑者死亡ということで、事件の解決を発表するというのである。

それを受けて、三上も捜査会議を設けた。

「鬼怒川で殺された木目みどりの件を、向こうは、死んだ平木明が犯人だとして、事件は解決したとしている。これについて、反論はあるかね？」

と、三上は十津川たちの顔を見廻した。

だが、十津川もほかの刑事も黙っている。

三上は、不満気に、

「いいかね。われわれは、平木明の死を他殺として捜査している。だが、鬼怒川署の捜査が正しいとすれば、平木の死は、自殺ということになって、われわれの捜査は、無意味になってしまう。それなのに、反論は、ないのかね？」

「いいですか？」

と、十津川が発言許可を求めてから、

「われわれには、栃木県警の方針に反対することはできません。今のところ、平木犯人説に反対するだけの証拠がないからです。しかし、平木が自殺したとは、まったく思っておりません。その点、間接的に、栃木県警に反対ということになりますが」

「平木が自殺ではなく、殺されたのだという根拠《こんきょ》は、何なのかね？　ただ単に、自殺とは考えられないというのでは、困るよ」

と、三上はいった。

「小説パーティ八月号に載った小説です」

と、十津川はいった。

「しかし、あの小説では、平木が最後に自殺するんだろう？」

「そうです」

「それなら、小説は、自殺の証拠でしかないじゃないか」

と、三上は眉《まゆ》を寄せた。

「問題は、小説に書かれた自殺の部分です」

と、十津川はいった。


〈私は、マリを鬼怒川に埋葬して、帰京した。これで、私は、マリの呪縛《じゅばく》から解き放たれるのではないかと思った。

幸い、マリの家族も、彼女を探そうとする気配がなかったし、警察が調べる様子もなかった。妻は相変わらず冷たく、弁護士を頼んで、離婚する気らしいが、そんなことは私には何でもなかった。妻が別れたければ、別れてやる気だったからだ。

ところが、私は完全に、計算違いをしてしまっていた。

マリを殺し、埋葬し、これで、自由になれたと思ったのに、東京に戻ってから、突然、いい知れぬ寂しさに襲われたのだ。

（こんなはずではないのに――）

私は、狼狽《ろうばい》した。

私は、関係を持ったマリを消したのに、彼女の思い出と幻影が、同じように、私を虜《とりこ》にしてしまったのだ。

何よりも私を狼狽させたのは、マリを失うことが、こんなに寂しいものだったのかということだった。

マリのいない世界が、こんなに寂寞《せきばく》としたものなのか。

マリが生きていたときの、無意識で無邪気な行動が、私を楽しくさせ、同時に私を苦しませた。

そして、いま、死んだマリが何をするわけでもないのに、私は勝手に悩み、寂しさを持て余している。

(これは、マリの復讐《ふくしゅう》だ)

と、私は思った。マリに出会った瞬間から、私は、彼女から逃れられないように、運命づけられてしまっていたのだ。

この寂しさは、どんどん深くなっていくだろう。それに自分が耐えられるとは、思えなかった。いや、一年、二年、五年、十年と耐えたとしても、その寂しさに打ち勝てるはずがない。六十歳、七十歳になって、私は、ますます重くなる寂しさと、生きなければならないのだ。

それなら、今、自分の命を絶ってしまえば、この、いいようのない寂しさから、逃れられるだろうと思った。

自分を、深く、静かに埋葬してしまうのだ。私の持っているベンツに乗り、時速一〇〇キロで、海に飛び込めばいい。車内に重石《おもし》を積んでおけば、車は、二度と浮かび上がることもないだろう。

ある夜、私は、ベンツに重石を積み、海に向かった。勢いをつけるように、私は、酒を飲んだ。私の好きなシーバスリーガルを飲んで、海に向かって突進する。まもなく死ぬのだ。飲酒運転で警察に捕《つか》まることもないだろう。

H埠頭は、小雨に煙っていた。まるで、霞《かすみ》がかかっているように見える。

ふと、その霞の中に、マリの幻を見たような気がして、私は、時速一〇〇キロで、その幻に向かって車を走らせて行った――〉

これが、「私」が自殺する場面だった。

「じっさいには、平木は、ベンツの車内で、青酸入りのシーバスリーガルを飲んで、死んでいたわけです」

と、十津川は三上にいった。

「それくらいの違いは、現実と小説の差として、当たり前のことじゃないのかね?」

「かもしれませんが、ほかのところは、現実と作品とが、ほぼ一致しているのです。それなのに、最後が違っています」

と、十津川はいった。

「平木が、『鬼怒川心中事件』を書いて、小説パーティに送ったときは、彼は、まだ死んでいないんだよ。そのときは、自動車ごと海に突っ込んで、死のうと考えていたんだろう。だが、じっさいに死のうとしたとき、車ごと海に飛び込むことができず、酒に青酸を入れて、飲んだんじゃないのか?」

と、三上はいった。

「車ごと突っ込めないときのために、わざわざ青酸を持って行ったということになりますが」

「まったく考えられなくはないだろう?」

「そうです。しかし、青酸を口にすることが、車ごと海へ突っ込むことより簡単だとは思えません」

と、十津川はいった。

「それでは、君は、どう解釈しているのかね?」

と、三上がきいた。

「平木の死が殺人だからこそ、小説とは別の死に方になってしまったのだと、思っています」

「そんなことをいっても、平木は作家だが、小説の中の『私』は画家だ。鬼怒川で殺された女の名前も、みどりとマリで違っているじゃないか」

といって、三上は、十津川を見た。

「名前が違っていても、作家が画家になっていても、そうたいしたことじゃありません。むしろ現実感があります。しかし、人生のラストが違っているのは、大きな差です。無視できません」

十津川も、三上を見返して、強くいった。

「それで、他殺か？」

「はい」

と、十津川は頷いてから、

「それ以外にも、私には引っかかることがあります」

「どんなことだね？」

「平木は、小説パーティの長谷川編集長に、盛んにこういっていたといいます。あの原稿はおれが書いたものじゃないから、雑誌には載せるなと」

「それを、君は、真実だと思うのかね？」

と、三上はきいた。

「もし、真実だとしたら、どうなるのだろうかと、考えてみたんです」

「それを話してみたまえ」

と、三上が促した。

十津川は頭の中を整理するように、黙って考えていたが、

「問題の原稿ですが、ＦＡＸで、小説パーティに六月十日に送られています。雑誌の原稿の締切りは十日ですから、ぎりぎりに送られて来たわけです。ＦＡＸには、送付した人間の名前が印刷されますが、この原稿には、平木の名前が印刷されていますから、彼の家のファクシミリで、送られたことは間違いありません」

「しかし、平木は、六月十日に韓国に向かって、旅行に出かけたんじゃないのかね？」

と、三上がきく。

「そうです。原稿が小説パーティに届いたのは、六月十日の午前十時三十五分で、これは、ＦＡＸに自動的に印刷されますから、間違いないと思います。ところで、平木が成田《なりた》から韓国に出発したのは、一〇時〇〇分発の日航《にっこう》９５１便です」

「それなら、平木は、もう家にいなかったんだろう。夫妻で出かけたんだから、平木家には、誰もいなかったことになるんじゃないのかね？」

「確かに、夫妻で韓国旅行をしていますが、調べたところ、この日航９５１便の乗客名簿には、平木の名前しかありません。妻のゆかは、たぶん遅れて韓国に向かったのだと思います」

と、十津川はいった。

三上は、笑って、

「それなら、妻のゆかが平木に頼まれて、原稿を小説パーティに送ってから、平木を追ったんだろう。べつに問題はないじゃないか」

と、いった。

「いま、西本刑事たちが、ゆかの乗った飛行機を調べています」

「それで、何が問題なのかね？」

「平木が、一〇時〇〇分の飛行機で出発し、妻のゆかが遅れて出発したとします。平木は、あの原稿を書いたことはないといっていました。それが事実なら、妻のゆかが、平木の知らない原稿を、ＦＡＸで十時三十五分に、小説パーティに送ったことになってきます」

と、十津川はいった。

「誰の書いた原稿ということになるんだ？　君のいうとおりだとしてだが」

三上が、眉を寄せてきいた。

「たぶん、妻のゆかです」

「馬鹿馬鹿しい。編集者は、平木の書いた原稿だと、いってるじゃないか」

「そのとおりですが、ワープロで打たれた原稿ですから、かならずしも平木が書いたものだとは、断定できないと思うのです」

「ワープロを使うのは最近の常識だろう？　違うのかね？」

と、三上がきく。

「作家の半分は、ワープロを使っているようです」

「平木は？」

「彼も、ここ五年ぐらいは、ずっとワープロを使用しているそうです」

「それなら、何の問題もないじゃないか？」

「そうなんですが――」

「何が、引っかかるのかね？」

「平木は、最近、口述筆記で原稿を書いていて、それをワープロで打つのは、妻のゆかの仕事だと耳にしたのです」

「それが、どうかしたのかね？　口述筆記の作家だって、平木だけじゃないんだろう？」

と、三上がきいた。

「もちろん、そうです。ただ、妻のゆかが、ずっとワープロで打っていたとすると、自然に、平木の小説の癖《くせ》がわかっていたと思うのです。言葉遣《ことばづか》いの癖です。それに、もともと、ゆかは文学少女で、小説を書いていたわけですから、夫の文体を真似することは、簡単だったと思うのです」

と、十津川はいった。

「つまり、問題の原稿『鬼怒川心中事件』は、妻のゆかがワープロで書いて、小説パーティに送りつけたものだと、君はいいたいわけかね？」

三上が、強い眼で十津川を見た。

9

「そうです」

と、十津川は頷いた。

「そうだとしたら、ゆかは、なぜ、そんなことをしたんだね？」

三上が、きいた。

「復讐です」

と、十津川は短くいった。

「何の復讐だね？」

「夫の平木はわがままで、妻のゆかを無視して、女遊びをしてきました。特に、最近は、女子大生の木目みどりに夢中になっていたわけです。それに対する復讐ですよ」

と、十津川はいった。

「しかし、今までの捜査では、ゆかは資産家の娘で、おっとりした性格で、夫の平木が浮気をしても、じっと我慢《がまん》している女ということじゃなかったのかね？　離婚の意思を示していたわけでもないんだろう？」

と、三上がきいた。

「そういう話が聞こえる反面、ゆかは、大学時代、不倫をし、相手の男性と心中を図っています」

と、十津川はいった。

「だから、夫を殺したというのかね？」

「可能性は、あります」

と、十津川はいった。

「しかし、問題は、証拠だろう？　証拠がなければ、どうにもならんよ」

「証拠の一つが、原稿です。あの原稿が平木の書いたものではなく、妻のゆかの書いたものなら、彼女が、犯人である証拠の一つになると、思います」

「どういうことなのかね？」

と、三上がきいた。

「つまり、ゆかは、冷静に、夫殺しの計画を立て、それを実行したということです」

「冷静にか？」

「まず、平木が書いたように見せかけた原稿を、小説パーティにＦＡＸで送りつけます。雑誌社のほうでは、まったく疑わない。今まで、ずっとワープロで打たれた原稿で受け取っていましたし、文体も同じだからです。多少、文体が違っていても、べつに疑わなかったと思いますね。誰かが、他人の名前で、百枚もの原稿を送ってくるなどということは、ありえないからです。人気作家の原稿が入ったので、小説パーティは大喜びし、お礼をＦＡＸで送ったが、そのときには、平木は韓国へ行ってしまったのです。当然、平木は、何も知らずに、韓国旅行をしていたわけです」

「それも、ゆかの計画の中に入っていたわけかね？」

と、三上がきく。

「そうです。問題の原稿は、私小説風になっていて、平木と思われる『私』が、鬼怒川で、関係のある女子大生を殺して埋め、帰京したあと、寂しさから、自殺するストーリーです。この原稿が小説パーティに発表されたあと、小説どおりに、平木が車ごと海に突っ込んで死んだら、誰もが自殺と考えるはずです。いかにも、平木らしい死に方だといってです」

と、十津川はいった。

「だが、最後は、小説のストーリーと、違っていたんだろう？」

「そうです」

「ゆかが殺したのなら、何とかして、自分の書いたストーリーどおりに、平木を殺すんじゃないのかね？」

「もちろん、そのとおりです。彼女は、何とかして、夫を自動車ごと、晴海の埠頭から海に突き落とそうと考えたにちがいありません。それで、彼女の計画は、成功するわけですから」

と、十津川はいった。

「じゃあ、なぜ、そうしなかったのかね？」

と、三上が眉を寄せてきく。

「第一は、時間です」

「時間？」

「平木夫妻は、十五日に韓国から帰りました。留守中に、小説パーティがお礼のFAXを送っていたので、平木は、当然、自分の名前の原稿が送られたことを知ってしまいます。平木は、わけがわからずに、小説パーティに電話をかけます。小説パーティのほうもびっくりして、問題の原稿のゲラを持参して、何とかして、あの原稿を八月号に載せさせて欲しいと懇願します」

「それで？」

と、三上は先を促す。

「平木は、そのゲラに眼を通します。そして、ひょっとすると、妻のゆかが書いたのではないかと疑う。これは、当然の成り行きです。もし、夫の平木が、自分の計画に気づいたら、大変です。ゆかは、夫がまだ迷っているうちに、殺さなければならなくなったわけです。つまり、時間に追われたわけです」

と、十津川はいった。

「だから、ストーリーどおりに、いかなかったというのかね？」

三上は、まだ、十津川の推理に対して、半信半疑の表情をしていた。

「そうです。夫を酔わせて車に乗せ、それを車ごと海に突き落とすというのは、意外に難しかったんだと思います。夫が、ゆかに対して、疑いの眼を向けはじめていましたからね。そこで、ゆかは、一挙に夫を毒殺してしまうことに、変えたのだと思います」

「それで、君は、彼女がどうやったと、思うのかね？」

と、三上がきいた。

「夫を、車で晴海に連れ出し、そこで青酸入りのシーバスリーガルを飲ませるのは、難しいと思います。平木は、自分が書いたという原稿に眼を通しはじめていましたからね。それには、ラストで、自分がH埠頭で、車ごと海に飛び込むことになっています。それを読んだ夫を、晴海埠頭に、車で連れ出すのは難しいですよ。それで、ゆかは、計画を変更したんだと思います。夫が愛飲していたシーバスリーガルに、青酸を混入させておく。平木は、ラストどおりの行動にゆかが出れば、警戒したでしょうが、まさか、酒の中に青酸が入れられているとは思わず、飲んでしまったのだと思います」

「自宅で、死んだということかね？」

「そうです。毒死した平木をベンツに乗せて、ゆかは、H埠頭つまり晴海埠頭へ、運びました。傍には、青酸入りのシーバスリーガルをフラスコに入れて、投げ出しておきます。もちろん、そのフラスコにも平木の指紋をつけてです」

と、十津川はいった。

「晴海まで運んだのだから、なぜ、そのまま、海へ突っ込ませなかったのかね？　車ごと沈めれば、原稿のストーリーどおりになったんじゃないのかね？」

と、三上がきいた。

「それは、できません」

「なぜだ。エンジンをかけておけば、女の力でも、車を海中に飛び込ませることは、可能だろう？」

「そうですが、青酸で殺してしまっています。車が引き上げられたとき、当然、死体は司法解剖されますから、毒死はわかってしまいます。青酸死をしてから、車ごと海に突っ込むというのは、誰が考えても、不自然で、殺人事件《ころし》の疑いが持たれてしまいます。だから、ゆかは、車を海に飛び込ませられなくなってしまったのです。車を埠頭の上に停めておけば、半々で自殺と考える人がいるし、あの小説が小説パーティに載れば、自殺と考える人が、もっと増えるはずだと、計算したんだと思います」

と、十津川はいった。

三上は、そこまできいて、じっと考え込んでいたが、

「もし、君のいうとおりだとしたら、鬼怒川で木目みどりを殺し、裏山に埋めたのも、平木ではなく、妻のゆかということになってくるんじゃないのかね？」

と、十津川を見た。

十津川の顔に、微笑が浮かんだ。

「私は、そう思っています」

「しかし、現実に、平木は、木目みどりと鬼怒川温泉に行っているんだろう？」

「行っています」

「会津若松で、レンタカーも借りているんじゃないのか？」

「鬼怒川署の竹田警部の調べで、それは、はっきりしています」

と、十津川はいった。

「それでも、木目みどりを殺したのは、平木ではなく、妻のゆかだと思うのかね？」

と、三上はきいた。

「平木は、女性関係が、ルーズな男です。それも、こそこそ遊ぶのではなく、堂々と芸者を身請けしたり、ホステスに店を持たせたりしています。妻のゆかは、どんなことをしても、文句はいわないだろう

と、タカをくっていたんじゃないかと思います。木目みどりとの鬼怒川行きにしても、妻に知られても、平気だったんだと思います」

「だから、ゆかは、二人が、鬼怒川温泉のどこに泊まっていたか、知っていたと思うのかね？」

と、三上がきく。

「はい。知っていたと思いますね。わがままな平木は、彼女に、鬼怒川温泉の旅館まで、金を持って来させるぐらいのことはしたんじゃないかと、私は、思っています。平木のような男は、そこまでやっても、妻は、怒らないものと、思い込むものです。まして、妻が、怒りから、殺人に走るなどということは、爪《つめ》の先ほども思わなかったでしょう」

と、十津川はいった。

「それで、木目みどりを、ゆかが殺したと思うのか？」

と、三上がきいた。

「そのほうが、自然です」

「というと、あの小説のように、平木が木目みどりを殺すのは、不自然だというのかね？　小説では、みどりではなく、マリになっているんだが」

「あの小説を何度も読み返しましたが、いちばん不自然なのが、鬼怒川で『私』がマリを殺すところでした」

と、十津川はいった。

「私には、何となくわかったがね」

と、三上がいう。

「それは、レトリックとしてでしょう？　もっともらしい言葉が並んでいるので、頭の中で、何となくわかったような気がしてしまうんじゃありませんか。単純に考えれば、中年男が、生きのいい女子大生に、参ってしまったというだけのことです」

と、十津川がいうと、三上は、笑って、

「君らしくもなく、即物的な考え方をするんだね」

「あの部分の、もって廻った形容を、すべて取り去ってみたんです。もちろん無邪気な若い女子大生に、男が勝手に引きずり廻されて、おたおたするというのはわかります。しかし、だからといって、男が女を殺すというのは、不自然だと思うのです。殺すのは、やはり憎しみからですよ。レトリックで、殺すわけじゃありません」

「憎んでいたのは、妻のゆかということか？」

「そうです。だから、ゆかが殺したのなら、納得がいくのです。木目みどりを殺し、林の中に埋めたのは、私はゆかだったと思っています。深く埋められなかったのは、小説に書かれているような、殺人に疲れてしまったからではなく、犯人が女だったからだと、思いますね」

と、十津川はいった。

「しかし、すべて君の推理でしかないだろう？　多くの人は、あの小説どおりに、平木が、鬼怒川で木目みどりを殺し、自殺したと思っているし、栃木県警も、明日、その線で、事件は解決したと発表する。君はゆかが犯人だと、証明できるのかね？」

と、三上はきいた。

「今は、まだできませんが、証拠はつかみます。すでに西本刑事たちが、その線で、ゆかの周辺を調べ直しているところです」

十津川は、自信を持って、いった。

10

翌日、栃木県警は、鬼怒川署で事件の解決を発表し、捜査本部を解散することになった。

地方の警察の発表なので、いつもなら、大新聞やテレビは取りあげないのだが、この日はすべての新聞、テレビが報道した。

そのマスコミは、十津川たちの談話をとるために、築地署の捜査本部にも押しかけて来た。

十津川は、その対応は、三上部長に委《まか》せることにした。三上は、はっきりと物をいわないで、その代わり、マスコミに言質《げんち》を取られない才能があったからである。

十津川は、部下の刑事たちと一緒に、ゆかの追及に全力をあげることにした。

平木邸のある世田谷区の玉川《たまがわ》署に仮の捜査本部をつくり、マスコミを避けて、捜査をすすめた。

十津川は、亀井と、まず平木邸にゆかを訪ねた。

玄関に忌中《きちゅう》の札がかかっている。それを見ながら、インターホンを鳴らした。

黒い絽《ろ》の着物姿のゆかが、二人を迎えて、奥に通してくれた。

十津川は、初めて、ゆかという女を見つめた。

一見して、いいところの出で、物静かな感じを与える。だが、その表情からは、何を考えているのか、窺《うかが》い知ることができなかった。

（こういう女が、いちばん手強《てごわ》いのだ）

と、十津川は思いながら、

「大変なことでしたね」

と、ゆかに声をかけた。

「ありがとうございます」

ゆかが、小さく頭を下げた。

「今、どんなお気持ちですか？」

と、十津川がきくと、ゆかは俯《うつむ》いていた顔をあげて、

「どんなと、申しますと？」

といい、柔らかく反問してきた。

「あんな小説が発表されて、そのうえ、小説どおりにご主人が亡くなってしまって、どんなお気持ちでいるのかと、思いましてね」

「正直にいって、呆然《ぼうぜん》としておりますわ。何をしていいのか、わからないというところです。私は、意《い》

気地《くじ》のない女でございますから」

と、ゆかはいった。

「小説パーティに載った小説をどう思いますか?」

と、十津川はきいた。

「そういわれましても、私は、主人の仕事には、タッチしておりませんから」

「読んでいないということですか?」

「いいえ。いろいろといわれていますので、あれは眼を通しましたわ。でも、あれが、そのまま主人の生き方かどうかは、わかりませんの」

と、いった。

「それは、おかしいですねえ」

と、十津川はいった。

「何がですか?」

「じつは、こんなものを見つけたんですよ」

十津川は、今年二月の週刊誌の切り抜きを取り出して、ゆかの前に置いた。

「これには、『最良の批判者は、私の妻』ということで、平木さんがインタビューに答えています。ここには、平木さんが口述し、それをあなたがワープロに打って、出版社に送っていると、書いてありますよ。したがって、奥さんが必ず眼を通す。妻はファンであるとともに、最良の批判者だと、平木さんは、答えています」

「それは、主人が勝手に喋《しゃべ》っているんです」

「嘘をついているわけですか?」

「ええ」

「では、原稿は、ご主人が、ワープロで打っていたんですか?」

「はい」

「それも、おかしいですね。何人かの編集者に会いましたが、平木さんは、ワープロがうまく打てないので、きっと奥さんか秘書が、口述をワープロで打っているんだろうと、皆さん、おっしゃっていましたよ」

と、十津川はいった。

ゆかは、黙ってしまった。

そのまま、一言も喋ろうとしない。といって、屈服した感じでもなかった。自分の殻《から》の中に閉《と》じ籠もってしまったという感じなのだ。

「先月の五月十日から十五日まで、平木さんは、木目みどりを連れて、鬼怒川温泉へ行っていますが、その間、あなたは、どうしていらっしゃったんですか?」

と、十津川はきいた。

その質問にも答えないのかと、思っていたが、ゆかは、考えながらだが、

「ずっと、家におりましたわ」

と、短く答えた。

「鬼怒川には、行かなかったんですか?」

と、亀井がきいた。

「行きませんわ」

「なぜです? ご主人のことが、心配じゃなかったんですか?」

「心配しても、仕方がありませんわ。主人は、あれが病気でしたから」

「女遊びがですか?」

「ええ。だから、あれこれいうより、放っておいたほうがいいと思っていましたわ」

と、ゆかはいった。

「失礼ですが、車の運転はされますか?」

と、十津川が急に話題を変えた。

一瞬、ゆかは、何をきかれたのかわからないという表情で、

「え?」

「免許証は、お持ちですか?」

と、十津川はきき返した。

「はい。持っていますわ」

「では、ご主人のベンツを運転されたことも、ありますね？」

「ええ。たまには、ありますわ」

「ベンツを運転して、鬼怒川に行かれたことは、ありませんか？」

と、十津川がきくと、今度は、ゆかがはっきりと、

「それは、ありませんわ」

「そうですか。ご主人も、鬼怒川にベンツを運転して行ってはいませんね。向こうでレンタカーを借りているんです」

「ええ」

「ところが、栃木県警は、鬼怒川の事件を追っているんですが、その中で、東京ナンバーのベンツが、鬼怒川で目撃されていることを確認しているんです。そのナンバーが、平木明さんのベンツと同じなのです。平木さんは、当時、会津若松でレンタカーを借りていたわけだから、彼がベンツに乗っているわけがない。とすると、奥さんのあなたが乗って、鬼怒川に行ったとしか考えられないのですよ」

と、十津川はいった。

もちろん嘘だが、ゆかが木目みどりも殺したとすれば、車を使ったにちがいないという確信があった。

木目みどりを殺し、鬼怒川温泉の裏山に埋めるには、どうしても車が必要なのだ。

ゆかは、明らかに動揺した。きっと、十津川がはったりを利かせたと気づいているのだと思う。十津川のほうも、わかってもいいと思っているのだ。わかっても、動揺するだろうと考えたのだ。

案《あん》の定《じょう》、ゆかは、十津川の言葉に、一瞬、どう反応したらいいのかわからない様子で、言葉に詰まっている。

この瞬間、十津川は、ゆかが木目みどりをも殺し

たにちがいないと、確信した。

「どうなんですか?」

と、十津川が重ねてきくと、ゆかは微笑して、

「もちろん、違いますわ」

「しかし、目撃者がいるんですがねえ」

「きっと、ナンバーを、見違えたんだと思いますわ。最近は、ベンツも増えましたから」

と、ゆかはいった。動揺したが、すぐ、ここは笑って否定したほうがいいと、考えたのだろう。

だが、これでショックを与えられたと、十津川は、満足して、亀井を促して、平木邸を辞することにした。

「これから、どうしますか?」

と、外に出たところで、亀井が十津川を見た。

「彼女が、木目みどりと夫の平木を殺したという証拠をつかむのは、ちょっと難しいだろうね」

と、十津川はいった。

「しかし、彼女は、間違いなく犯人ですよ」

「わかってる」

「それなら、何とかしないと――」

「彼女は、所詮《しょせん》はアマチュアだよ」

と、十津川がいった。

「と、いいますと?」

「彼女は、小説を使って、うまくしてやったと思っているかもしれないが、殺人については、アマチュアなのさ。だから、証拠がつかめなくても、ボロを出す。圧力をかければ、怯えから逃げ出すはずだ。逃げ出さなくても、神経的に参ってしまうだろう」

と、十津川はいった。

「それでは、明日から、彼女の行動を監視しましょう。わざと、わかるように尾行もつけます」

と、亀井がいった。

11

亀井は、翌日からそれを実行した。刑事たちが二人でコンビを組み、交代で平木邸を監視し、ゆかが外出すれば、尾行するのである。

もちろん、その一方で、ゆかについての聞き込みを続行した。

夫婦での韓国旅行について、新しいことがわかった。

出発のとき、夫婦で一緒に出発したのではなく、夫の平木が、一人で先に成田を出発したことは、わかっていたが、ゆかの行動もわかったのである。

平木は、午前一〇時〇〇分成田発の日航９５１便に乗っているのだが、ゆかの名前が、同じ日の一五時五五分成田発の大韓航空《だいかんこうくう》１便の乗客名簿に載っていることをつき止めた。

これなら、問題の小説をＦＡＸで小説パーティに送りつけたあと、ゆっくり韓国に向かえるし、そのとき、家には彼女ひとりだったのだから、夫の平木に知られずに、小説を送れたことになる。

このことも、十津川は、わざとゆか本人に会って伝えた。着々と、お前を追い込んでいるのだぞという脅《おど》しだった。

そんな日が一週間続いたあと、突然、ゆかが動いた。

その日、ゆかは、午前十時過ぎに家を出た。電話でタクシーを呼んで、それに乗っての外出だった。

西本と日下の二人が、パトカーで尾行に移った。その動きは、無線電話で十津川に知らされた。

――いま、ゆかの乗ったタクシーは、都心に向かっています。

「行き先の見当は、つかないか？」

――まだ、わかりません。

「わかり次第、連絡してくれ」

それが、最初の連絡だった。

「逃げ出したんでしょうか？」

と、亀井がきく。

「それは、わからないよ。ただ単に、気晴らしに、都心のデパートに、買い物に出かけたのかもしれないからね」

と、十津川は慎重にいった。

――いま、東京駅近くに来ています。

「東京駅から、列車に乗るつもりかな？」

――そうではないようです。東京駅前を通り過ぎて、神田に向かっています。

「神田？」

――神田須田町《かんだすだちょう》を走っています。

それが、二回目の報告だった。

十津川は、東京の地図を持って来て、広げた。

(どこへ行く気なのか？)

それに、彼女は、何をしようとしているのだろうか。

――馬喰町《ばくろちょう》に出ました。

と、三度目に西本が、連絡してきた。

「浅草《あさくさ》だ。カメさん、行こう」

と、十津川は亀井に声をかけた。

「浅草？」

「そうだ。浅草から、鬼怒川行きの電車が出てる」

と、十津川はいった。

二人は、携帯電話を持って、飛び出した。何かあったときの、連絡のためである。

二人は、パトカーを東武《とうぶ》浅草駅に向かって走らせた。

ハンドルを握る亀井が、赤色灯をつけ、サイレンを鳴らして、スピードをあげた。

二人の乗ったパトカーにも、先行する西本たちから連絡が入って来る。

——浅草寺《せんそうじ》の雷門《かみなりもん》が見えてきました。

「行き先は、東武浅草駅だよ」

——鬼怒川へ行くつもりでしょうか？

「たぶん、そうだろう。私とカメさんも、いま、そちらに向かっているが、追いつくより先に、彼女が電車に乗ってしまったら、君たちも一緒に乗って行け」

——わかりました。

「そのあとの連絡は、私の携帯電話にするんだ。番号は知っているね？」

——知っています。やはり、東武浅草駅です。いま、タクシーが停まって、彼女が、降ります。


十津川と亀井のパトカーも、時速一〇〇キロで走り続けた。

神田を抜け、馬喰町を通過する。

東武浅草駅の入口が見えた。この駅は、松屋《まつや》デパートの二階にある。

西本たちのパトカーが、停まっているのが見えた。

十津川たちは、そのうしろに停めて降りた。

前のパトカーには、日下がいた。

「西本刑事は？」

と、亀井がきくと、

「ホームへ、入っています」

と、いう。

十津川と亀井は、東武浅草駅の構内に入り、二階への階段を上がって行った。

日光《にっこう》や鬼怒川方面への電車は、二階にあるホームから、出発することになっているからである。

上野《うえの》駅もそうだが、この東武浅草駅も、東京駅や新宿《しんじゅく》駅とは、雰囲気が違っている。

どこか、やぼったくて、人なつっこいのだ。

そして、聞こえてくる会話には、東北と北関東の訛《なま》りがある。

二階のコンコースには、人がいっぱいだった。

十津川たちが探していると、西本刑事のほうから駈け寄ってきた。

「やはり、ゆかは、鬼怒川へ行く気です。一二時三〇分発の特急の切符を買いました」

と、西本は小声で報告した。

十津川は、腕時計に眼をやった。

「まだ、十三分あるね。彼女は、どこにいる？」

「向こうの喫茶店で、コーヒーを飲んでいます」

と、コーナーにある喫茶店を指さした。

「ここから先の尾行は、私とカメさんでやる。君は、私たちの車を戻しておいてくれ」

と、十津川はいった。

西本が階段を降りて行ったあと、十津川は、改札口の向こうのホームに入っている列車に眼をやった。

「彼女は、何しに、鬼怒川へ行くつもりなんでしょうか？」

亀井が、首をかしげた。

「逃げるなら、殺人を犯した鬼怒川には行かないだろうね。何をする気かな？」

と、十津川がいった。

二人は、同じ一二時三〇分発の列車の切符を買った。

その列車が入線して、車内の清掃《せいそう》が始まった。

喫茶店からゆかが出てきて、改札口を抜け、ホームに入るのが見えた。

十津川と亀井も、改札口を通った。今日は相手に気づかれないように、尾行する必要があった。彼女の行動が、つかめないからだった。

鬼怒川温泉行きの特急「きぬ」は、スペーシアと名づけられた東武自慢の列車である。

流線型で、白い車体にレッドラインが入っている。

乗車が始まって、ゆかも、先頭の1号車に乗り込んだ。

特急「きぬ」は、六両編成で、3号車の半分がビュッフェ、6号車の一部が、個室になっている。

十津川と亀井は、ゆかが乗り込むのを確認してから、2号車に入った。

列車は、定刻に出発した。

一二時三〇分発の特急「きぬ119号」は、日光への分岐点《ぶんきてん》の下今市《しもいまいち》に停車するだけで、一四時二五分に鬼怒川温泉に着く。

車内で、食事の注文をききに来たので、十津川たちは、昼食をとっていないのを思い出し、エビピラフを頼んだ。

外観もだが、車内もゆったりとしていて洒落《しゃれ》ている。サービスもいい。ただ、いかにも東武電車だなと思ったのは、酒のつまみの中に、おでんがあったりするところだった。

車内は、ほぼ満席だった。

最近、温泉ばやりのうえ、日光には、江戸村《えどむら》があったり、日光猿軍団《さるぐんだん》がいたりするからだろうか。

列車は、北千住《きたせんじゅ》、草加《そうか》、越谷《こしがや》と、通過して行く。

十津川は、ふと、昔、「草加、越谷、千住の先」という言葉があったのを、思い出した。

あれは、たしか、その辺が、東京の田舎という意味だったように覚えているのだが、今はびっしりと住宅が建っていて、田舎の味わいはなくなっている。

一四時ちょうどに、下今市に着いた。

ここから、日光方面行きが分かれる。三分の一ほどの乗客が降りて行った。

十津川は、じっとホームを見ていた。ひょっとして、ゆかが日光へ行く気になって、ここで降りるかもしれないと、思ったからである。

しかし、彼女は降りなかった。

七分停車で、「きぬ119号」は下今市を出発した。

終点の鬼怒川温泉駅に着いたのは、一四時二五分である。

まだ、梅雨《つゆ》が明けず、空は、どんよりと重い。改札口を出ると、ゆかは、タクシーを拾った。

十津川と亀井も、すぐ別のタクシーを拾って、そのあとを追《つ》けさせた。

ゆかの乗ったタクシーは、七、八分走って、旅館の前で停まった。

「木目みどりが泊まった旅館だよ」

と、十津川が、亀井にいった。

「ここで、何をする気ですかね？」

「わからんね。ザンゲでもするつもりで、来たのかな」

と、十津川はいった。

ゆかがフロントで宿泊の手続きをし、エレベーターで上がって行くのを確かめてから、十津川たちは、ロビーに入り、フロントで警察手帳を示した。

「内密にお願いしたい」

と、十津川はいい、ゆかの部屋番号をきき、自分たちも同じ階に泊まれるようにして欲しいといった。

ゆかの部屋は、508号室である。十津川たちは、同じ五階の514号室に案内された。

窓を開けると、眼の下を鬼怒川が流れていた。

しかし、十津川には、川の美しさは関心がなかった。彼が、いま、関心があるのは、反対側の裏山のことである。

裏側には、低い山が連《つら》なっている。鬱蒼《うっそう》とした杉の林を持った山である。

その中に、木目みどりが埋められた場所があるのだ。

ここへゆかがやって来たのは、もちろん、木目みどりの死と関係があるだろう。

「ゆかは、いったい、何を考えているんですかね？」

と、亀井は、眼の下の渓流を見ながら、呟いた。

今年は雨が多いせいか、激しい音を立てて、水は流れている。

「二つしか考えられないね。彼女は、この鬼怒川で、木目みどりを殺して埋めた。自責の念にかられて、花束でも捧《さき》げに来たか。逆に、自分の犯行の痕跡を、消しに来たのかね。彼女が犯人だという証拠はまだないから、彼女は、きちんと痕跡を消しておけば大丈夫だと、タカをくくっているのかもしれない」

と、十津川はいった。

十津川は、亀井に向かって、犯人のゆかは、所詮は殺人のアマチュアだといった。その見方は変わっていないが、彼女がここに何しに来たのかは、見当がつかないのだ。

一つだけ、解明の手掛かりになると思われるのは、ゆかが、偽名を使わずに、この旅館に泊まったことだった。

神名ゆかと、本名を宿泊カードに書き込んでいた。

部屋に電話がかかってきた。フロント係からで、

「508号室のお客さまのことで、お知らせしたいことがありまして」

と、いう。

「彼女が、何かしましたか？」

と、十津川は緊張してきいた。

「いま、花束を作って欲しいといわれました。うちにはないので、駅前の花屋から、取り寄せることにしました」

「花束をね」

「ええ。三万円ぐらいのものを、四時までに欲しいと、いわれました。それと、その時間に、タクシーを呼んでくれということです」

と、フロント係はいった。

「わざわざ、ありがとう」

と、十津川は礼をいった。

「どういうことでしょう？」

と、亀井が十津川にきく。

「普通に考えれば、木目みどりを埋めた場所に、花束を捧げたいということだろうね」

と、十津川はいった。

「自分の犯した罪を悔《く》いてですか？」

「それなら、彼女の自供も近いだろうがね」

と、十津川は、あまり自信のないいい方をした。

二人は、一階のロビーに降りた。

午後四時に、ゆかの呼んだタクシーがやって来た。

ゆかが五階から降りて来て、フロント係から花束を受け取り、タクシーに乗り込んだ。

タクシーは出発した。が、十津川は、すぐには追わなかった。行き先は、わかっていたからである。

わざと間を置いて、タクシーを呼び、問題の場所へ行ってくれと頼んだ。地元のタクシーなので、死体が見つかって、大騒ぎになった場所はよく知っていた。

今にも、雨の降りそうな空模様の中、二人を乗せたタクシーは、S字を描く道を登って行く。

道の両側は深い杉林で、たちまち温泉街は見えなくなった。

「死体を埋めるには、絶好ですね」

と、亀井は、延々と続く杉林に眼をやって、いった。

ほとんど、車に行き合うことがない。

途中から、タクシーは、脇道《わきみち》に入った。

前方に、車が停まっているのが見えた。ゆかの乗って行ったタクシーである。

運転手が車の外に出て、杉林のほうを見ている。しばらくして、薄暗い杉林の中から、ゆかがゆっくりと出てきた。

「声をかけてみよう」

と、急に十津川がいい、二人は、車から降りて、ゆかに近づいて行った。

ゆかが気づいて、こちらを見た。

「何をなさっているんですか?」

と、彼女のほうから質問してきた。

「こちらこそ、おききしたいですね。ここは、木目みどりが、埋められていた場所ですよ」

と、十津川はいった。

ゆかは、微笑した。

「知っていますわ」

「何をしていたんですか?」

と、亀井がきいた。

「花束を捧げてきました」

「やはり、自責の念にかられてですか?」

「自責の念って、何でしょう?」

「木目みどりを殺したことに、自責の念を感じているわけでしょう? 嫉妬からとはいえ、一人の女性を殺したんですからね」

亀井がいうと、ゆかは、小さく首を横に振って、

「殺したのは、主人です。でも、私にも、妻として、主人のしたことには責任がありますわ。だから、こうして、花束を捧げに来たんです。失礼しますわ」

と、ゆかはいい、タクシーに乗り込んだ。

彼女を乗せた車が走り去るのを、十津川と亀井は、見送った。

「われわれが追《つ》けて来ているのを、彼女、知っていましたね」

と、亀井がいまいましげにいった。

「だろうね。ここで、私たちを見ても、驚いた気配がなかったからね」

と、十津川はいった。

「じゃあ、花束は、われわれに見せるためのパフォーマンスだったんでしょうか？」

と、亀井がいった。

12

二人が、旅館に戻ると、東京から電話があった。三上部長からで、

「小説パーティの長谷川編集長から、君に電話があった。ぜひ、話したいことがあるというので、そちらの電話番号を教えておいたよ」

と、いう。

その数分後に、長谷川から電話が入った。

「じつは、今月号に、例の平木先生の小説が載って、たいへん反響がありました。そこで、味をしめたというわけではないんですが、未亡人のゆかさんに、事件の渦中に置かれたときの気持ちを書いてくれないかと、お願いしていたんです。その原稿が、今朝早く、ＦＡＸで送られて来ていましてね。いま、出社して、見たんですよ。内容が内容なので、ぜひ、十津川さんに、お知らせしておきたいと思いまして」

と、長谷川はいった。

「ＦＡＸで、こちらの旅館に送ってもらえますか？電話でおききしてもいいんですが、内容が重大なら

聞き違えが怖いですから」

と、十津川はいった。

旅館のFAX番号を教えてすぐ、フロントに置かれたFAXに、ゆかの原稿というのが送られて来た。例の原稿と同じく、ワープロで書かれたものだった。


〈私は、夫の平木が、ああした自殺をしてしまったあと、今までずっと考え続けてきました。

いったい、今度のことは、何だったのだろうかということです。最初は、夫の浮気と勝手な行動に、腹が立ちました。おまけに、あんな原稿を発表してと、思いました。死ぬのなら、ひとりで静かに死ねばいいのに、変なパフォーマンスで最後を締めくくったので、周囲の人たちに、大きな迷惑をかけてしまいました。あれは、いかにも、平木らしいといってくださる方もいましたけれど、私も警察に調べられましたし、小説パーティの皆さんにも、ご迷惑をおかけしてしまいました。

しばらくは、怒りが続いていましたが、このところ、少しずつ気持ちが変わって参りました。そちらから心境を書くようにいわれて、自分の気持ちを、突きつめるチャンスを与えられたからだと思います。

私は、平木と結婚したとき、彼の性癖のことは知っていました。女癖の悪いことです。でも、私は、それが、平木の小説の味つけになっているのだと思い、寛大に振舞おうと自分にいいきかせ、実行しました。

今から考えると、それが、かえって、いけなかったのだと思います。寛大であることは、結局冷たいということになり、夫の女遊びは、ますます激しくなっていったのです。きっと、夫としては、妻である私が、もっと彼の行動をとがめたり、嫉妬したりしてくれることを、望んでいたのだと思います。私がそうしなかったために、夫は、気持ちが空回りして、それを止めようと、ますます女あさりをしていったのだと、思うのです。

そう考えれば、ひょっとすると、悪いのは私で、夫も木目みどりさんも、犠牲者《ぎせいしゃ》なのではないか。そんなふうにも考えるようになりました。

私が夫を強く引き止めていたら、夫は、木目みどりさんに走らなかったでしょうし、死ぬこともなかったと思うからです。

それに、夫が自殺した今、私の胸に生まれたのは、これで何もかも終わってしまったという寂しさなのです。

夫は、私に対して、不貞でした。でも、その夫がいなくなってしまった今、私は、やたらに寂しいのです。やり切れない寂しさです。まるで、夫の最後の原稿の末尾のように、私は、寂しく、生きるだけの気力が失《な》くなってしまったのです。

私は寛大さのために、私が、冷たさを寛大さだと錯覚《さっかく》したために、木目みどりさんは殺され、夫は、自殺してしまいました。その償《つぐな》いもしなければなりません。

私は、これから、木目みどりさんの霊に花束を捧げに行ってきます。そのあとで、私は、自分のやり方で、この世にさよならしたいと思っています。

この原稿を九月号に、お載せになっても、没《ぼっ》にしてくださっても構いません。もし載れば、たぶん私の遺書代わりになると思います。

編集長様

神名ゆか〉

「ゆかは、自殺する気ですかね?」

と、眼を通したあと、亀井が十津川にきいた。

十津川は、首を横に振った。

「彼女が、木目みどりと夫を殺したんだ。だから、ここに書かれているのは嘘だよ。その女が、自殺するというところだけ、本当のことを書くかね？」

と、いった。

「じゃあ、これは、パフォーマンスですか？」

「小説パーティへ、原稿を送りつけたときと同じだよ」

と、十津川はいった。

「畜生《ちくしょう》！」

と、亀井が叫んだとき、電話が鳴った。

フロントからだった。

「今、508号室のお客さまが、チェック・アウトなさいました」

と、いう。

すでに、午後九時を過ぎている。こんな時間に、列車で帰京したのか。それとも、タクシーを使ったのか？

ひょっとして、東京ではなく、別の場所へ向かったのか？

十津川と亀井は、外出の支度に着替えて、一階へ駈け降りた。

フロントに詳しいことをきくと、ゆかはタクシーを呼んでくれといい、それに乗って出発したという。

十津川は、そのタクシーの営業所に、電話してみた。ゆかを乗せた運転手は、まだ戻っていなくて、会津若松に行くと、連絡して来たということだった。ゆかが、会津若松へ行ってくれと、いったのだろう。

「私たちも、行ってみよう」

と、十津川はいった。

同じタクシー会社の車を頼み、二人は、それに乗って、会津若松に、行ってみることにした。

小雨が降り始めていた。

十津川は、タクシーの中から、携帯電話を使って、東京の西本刑事に連絡をとった。

小説パーティの編集長に会って、ゆかの手紙のコピーをもらうこと、編集長には、原稿を九月号に載せるのは、やめたほうがいいと、忠告しておくことを伝えた。

二人を乗せたタクシーは、ひたすら北に向かって走る。

十津川が頼んで、ときどきゆかを乗せたタクシーからの連絡を話してもらった。

約一時間半後、ゆかの乗ったタクシーは、会津若松に着いた。

――どうやら、そのあと、猪苗代湖《いなわしろ》へ向かうようだよ。

と、営業所から連絡が入った。

十津川は、運転手に、こちらも猪苗代湖へ向かってくれと頼んだ。

さらに、携帯電話で西本を呼び出し、平木夫妻と、猪苗代湖が関係があるかどうか、調べろといった。

二時間後、猪苗代湖まで十二キロの所までやって来た。

十津川の持っている携帯電話が鳴った。

――西本です。平木夫妻と猪苗代の関係ですが、二人が結婚したころ猪苗代湖から、天童《てんどう》、作並《さくなみ》温泉と廻って、東京に戻ったことがあるようです。

「結婚直後か？」

――そうです。ハネムーンみたいなものでしょう。だから、ゆかにとっても、忘れ難《がた》い旅行だったんじゃないでしょうか？

「わかった」

と、十津川はいった。

猪苗代湖が、見えてきた。だが、ゆかが、どこへ行ったかわからない。

十津川は、運転手に、行き先を営業所にきいてもらおうとしたが、もう、無線が伝わらない場所に行ってしまっているという。

十津川は、携帯電話を運転手に渡して、これで、かけてみてくれといった。

運転手は、車を停め、十津川の携帯電話を使って、連絡していたが、

「駄目ですよ。営業所は出ますが、向こうのお客さんを乗せた加東《かとう》さんから連絡が届かないし、呼び出せないそうです」

「いつになったら、その加東運転手と連絡がとれるんだ？」

と、亀井がきいた。

「彼が、無線の届く場所まで、戻ったらです」

と、いう返事だった。

十津川と亀井は、車の中でじっと待った。一時間以上経って、やっと連絡がついた。

加東運転手は、ゆかを湖畔のMホテルに運んだのだという。

十津川たちは、急いで、そのMホテルに向かった。すでに深夜である。

Mホテルを見つけて、ロビーに飛び込む。フロントにきくと、間違いなく、二時間前に神名ゆかがチェック・インしていた。

「二日前に、ご予約なさいました」

と、フロント係はいう。

「何号室だね？」

と、亀井が早口できいた。

「7012号室ですが」

「いま、間違いなく、そこにいるのか？」

「いらっしゃるはずですが——」

と、いいながら、フロント係は、7012号室に電話をかけていたが、青い顔になって、

「お出になりません」

「行ってみましょう」

と、十津川がいった。

フロント係がマスター・キーを持って、三人で七階にあがり、7012号室を開けた。

誰もいなかった。キーもない。

フロント係が、テーブルの上の封筒《ふうとう》を見つけて、十津川に見せた。

このホテルの封筒と便箋《びんせん》が、使われていた。その便箋には、ボールペンで次の言葉が書かれていた。


〈私は、死ぬために、ここへ来ました。永遠に、猪苗代の水底《みなそこ》で眠っていたい。探さないでください。

ホテルの皆様、ご迷惑をおかけします。お許しください。

神名ゆか〉

「裏に、庭がありますね」

と、十津川は窓から外を見ていった。

「はい。湖を見たいというお客さまのために、裏へも出られるようになっています。芝生《しばふ》の庭とうちのプライベイト・ビーチがあります」

「ボートは、置いてありますか？」

「ええ。三隻のボートがとめてあります。お客さまが、ボート遊びをなさるときのためにです」

「三隻ですか？」

「ええ」

「二隻しかありませんよ」

と、十津川は窓から湖畔を見下ろしていった。

「おかしいな」

「行ってみましょう」

と、十津川が先に立って、部屋を飛び出した。

一階のロビーから、庭に出られるようになっている。

十津川と亀井は、飛び出した。フロント係があわてついてくる。

このホテルのプライベイト・ビーチには、小さな桟橋《さんばし》が作られ、ボートが繋留《けいりゅう》されている。

「一隻足りません。まさか、7012号室のお客さまがあれに乗って――?」

と、フロント係は顔色を変えている。

「たぶんね――」

といって、十津川は、黙ってしまった。

翌朝、猪苗代湖の真ん中あたりで、漂っているボートが発見された。

Mホテルのボートで、ボートの中には、ホテルの焼印が押されたスリッパが、きちんと揃《そろ》えて、置かれてあった。

地元の警察は、神名ゆかが、自殺するつもりで、ボートを漕ぎ出し、飛び込んだのだろうと発表した。

十津川は、すぐ、東京の西本たちに、ゆかを探せと指示し、自分たちも、午前の列車で、東京に戻ることにした。

捜査本部で迎えた西本が、

「ゆかですが、億単位の現金を、スイス銀行に、移していることがわかりました」

と、顔を紅潮させていった。

「それなら、海外へ脱出する気でいることになるが――」

「しかし、警部。神名ゆかの名前で、空港に手配すれば、逃げられませんよ」

「すぐ、各地の国際空港に、電話で手配してくれ」

と、十津川はいった。

刑事たちが、電話をかける。

十津川は、少しずつ不安になってきた。

ゆかは、頭のいい女だ。その彼女なら、神名ゆかの名前で手配されたら、海外への脱出は、不可能なことはわかっているだろう。

「彼女の結婚する前の名前は、何だったかね？」

と、十津川は刑事たちにきいた。

「たしか、新見ゆかです」

と、日下がいう。

「ひょっとすると、その名前でパスポートを作っているのかもしれないぞ」

「結婚しているのにですか？」

「平木は、作家だ。結婚したことになっているが、入籍していなかったのかもしれない。あるいは、結婚する前に作ったパスポートが、まだ有効かもしれない。新見ゆかの名前で、もう一度、電話をかけてみてくれ」

と、十津川はいった。

もう一度、電話がかけられた。

十津川の予想が、的中した。

九州の福岡《ふくおか》空港から、明日の一三時三〇分に出発するロンドン行き英国航空18便の乗客名簿に、新見ゆかの名前が載っていることがわかった。

十津川と亀井は、すぐ福岡に飛んだ。

そして、翌日の午後、福岡空港へ出かけた。

ロンドン行きの英国航空のカウンターを見ていると、サングラスをかけ、庇《ひさし》の深い帽子をかぶった、ゆかが歩いて来るのが、見えた。二人は、ゆっくりと近づいて、両脇から挟み込んだ。

「神名ゆかさんと、呼んだほうがいいのかな？　それとも、新見ゆかさんと、呼んだほうがいいのかな」

と、十津川が声をかけると、ゆかは、ぴくっと肩をふるわせ、大きな眼で十津川を見た。

「下手なパフォーマンスは、もうやめるんだ」

と、亀井がいった。

ゆかは、亀井を強い眼で見つめて、

「私のやったことが、平木の仕打ちよりも悪いというんですか？　妻の私を裏切り続けた、彼の仕打ちよりも」

と、いった。

収録作品はフィクションであり、実在の個人・団体・事件・地名などとはいっさい関係ありません。（編集部）

解説　西村《にしむら》作品の底知れぬ魅力が味わえるユニークな一冊

小柳治宣《おなぎはるのぶ》（日本大学教授・文芸評論家）

本書に収録されている四つの作品に共通しているのは、「悪女」が何らかの形で事件に絡んでいる点である。犯罪の陰に女ありと言われるように、ミステリーに「女」の存在は不可欠である。西村京太郎《にしむらきようたろう》の作品の中にも、男女の愛憎をテーマとしたものは数多くみられる。だが、松本清張《まつもとせいちよう》が「鬼畜」に代表される、究極とも言えるような悪女を数多く登場させているのに対して、西村京太郎の場合には、女性が悪女として描かれるケースは、多くはない。否《いな》、稀《まれ》であると言った方がより適切であろう。長編の『山形新幹線「つばさ」殺人事件』（一九九三）などは、その稀な一冊と言えよう。

以前作者と対談した折に、どんなタイプの女性が好みか訊《たず》ねたことがあるのだが、そのときの答えは、〈いつも懐剣を忍ばせているような、芯《しん》が強い、例えば会津の娘子隊《じようしたい》（白虎隊《びやつこたい》の女性版）に参加するような女性〉というものであった。身を汚《けが》される危険に直面したら、自らの喉を短剣で突いても純潔を守るような、一途《いちず》な強さをもった女性ということであろう。つまり、「悪女」とは対極の存在である。たしかに、西村作品には、それに似たタイプの女性が少なからず登場していると、改めて首肯《しゅこう》される読者も多いのではあるまいか。

では、作者が悪女を登場させると、どのような作品となるのか。本書は、そうした興味を満たす一冊とも言える。もちろん、ここに登場する四人の女性を作者が「悪女」と意識して描いたかどうかは、不明である。作者はむしろ被害に遭《あ》った男性の方が愚かな存在であって、むしろその愚かさこそを描きたかったのかもしれないのである。そのあたりは読者の判断に委《ゆだ》ねることにしよう。

では、本書に収録されている個々の作品について簡単に見ていくことにしたい。

「だまし合い」 ベンチャービジネスの社長山際卓郎《やまぎわたくろう》は、銀座に店をもつ結城《ゆうき》あやと十年あまりの付き合いがあった。山際は、あやのコネを最大限に利用して、今の地位を得たとも言える。あやは、そうした恩を盾《たて》にして、山際が最近買い替えた運転手付きのロールスロイスを勝手に乗りまわしたり、軽井沢《かるいざわ》の別荘を自分のもののように使ったりしていた。これまで山際は、自分が貧しかった頃あやの世話になっていたことをあちこちで言いふらされるのを危惧《きぐ》して、我慢していた。だが、それも限界に達し、最近では彼女に殺意すら抱くようになっていた。

では、どのように殺せば、自分に疑いがかからずに済むのか。山際は、あやの誕生日当日、彼女の六本木《ろっぽんぎ》のマンションで二人だけでパーティを開くように画策した。彼女の好きな白ワインの中に隙をみて、睡眠薬を入れ、眠ってしまったあとで、残ったワインのボトルに青酸カリを溶かし込んで、その場から立ち去った。目を覚《さ》ました彼女が必ず残りのワインを飲むと確信し、そのままアリバイ作りのために大阪に向かった。ところが、ワインを飲んで死んだのは、あやが親しくしていた若い芸能人だったのだ……。罠《わな》を仕掛けた本人が罠にかかってしまったのか。「だまし合い」というタイトルがぴったりのシニカルな味わいのある一編でもある。なお、この作品には隠し味として十津川の元部下が登場している。ファンならば、そう言っただけで、それが誰なのか想像がついてしまうかもしれないが。

「阿蘇幻死行《あそげんしこう》」　十津川の妻直子《なおこ》が、大学時代の友人であった戸田恵《とだめぐみ》と熊本《くまもと》へ旅に出た。ところが、恵の友人のクラブに行った帰り道、レンタカーのハンドルを握っていた直子は、何かをはねてしまったように感じた。車から降りてあたりを捜してみたが、何も見当たらない。恵も気のせいだと主張するので、そのまま宿へ帰り、翌日は湯布院《ゆふいん》に向かった。

ところが、その日の夕刊を見て、直子は愕然《がくぜん》とする。前夜何かをはねたと感じたあたりで男の死体が発見されたと報じられていたのだ。自首しようとした直子だったが、恵から見せられた翌日の朝刊には、犯人が自首したとされているではないか。ホッとして東京へ帰ってきた直子のもとを、半月あまり経った頃熊本から弁護士が訪ねてくる。例の事故の死体には、二度はねられた跡《あと》があるというのだ。その直後から直子は窮地に追い込まれていく。

だが、この事故の裏には巧妙に仕組まれた罠が張られてあったのだ。十津川は、絶体絶命の直子を救うべく、事故のからくりを必死に解き明かしていくのだが……。

事件解決後、直子の用意していた離婚届をすでに破っていた十津川は、「つまり、私がお人好しということね」と言う直子に向かって、「そうだな。私は、そんな君の人の好いところが、好きなんだ」と返す。十津川の愛妻家としての素顔が覗ける貴重な一編と言えるだろう。

直子が容疑者として窮地に追い込まれる作品には、この他にも「お座敷列車殺人事件」や『十津川直子の事件簿』（祥伝社ノン・ノベル）収録の「夜行列車『日本海《にほんかい》』の謎」などがあるので併せて読んでみていただきたい。

「白い罠」　会社の同僚二人に誘われて矢崎《やざき》は、新宿のバーに無理矢理付き合わされた。酒の呑めない矢崎は暫《しば》らくすると苦痛になってきた。ところがトイレに立って出てくると、三人の席にいたホステスの一人が、あの二人は適当にあしらっておくので、退屈なら帰ってしまえば、と言う。しかも、すぐに抜け出て来るので、外にあるスナックで待っていてくれと囁《ささや》いた。

スナックに入って、半信半疑《はんしんはんぎ》で待っていると、彼女が姿を現わし、自分のマンションに来ないかと誘ってきた。その夜矢崎は女のマンションに泊まったのだが、翌日思いも掛けない事態が彼を待ち受けていた。

その日の朝、矢崎の上司の妻が殺害され、彼にその容疑がかかってきたのだ。彼には前夜から昼すぎまで例のホステスと過ごしていたという確固たるアリバイがあったはずなのだが、女はそれを否定し、マンションまでタクシーで送ってもらっただけで、別れたと証言したのだ。「白い肌の罠」に落ちた絶体絶命の矢崎の前に現われたのが十津川警部だった。

西村作品には珍しく、男女の場面がリアルに描かれているので、面食らう読者もいるかもしれない。だがその一方で、十津川警部が犯人の仕掛けたトリックを暴いていく過程には、名探偵ぶりがみごとに発揮されていて、本格ものの面白《おもしろ》さも加味されている。数あるシリーズ短編の中でも異彩を放つ一編と言えるだろう。

「鬼怒川心中《きぬがわしんじゅう》事件」『小説パーティ』の編集長、長谷川《はせがわ》のもとへ人気作家の平木《ひらき》明《あきら》から苦情の電話がかかってきた。「鬼怒川心中事件」は、自分が書いたものではないと言うのだ。その原稿は、平木が妻のゆかと韓国へ旅行する直前に、ファックスで送られてきたものだった。帰国して、編集部からの原稿受領のファックスを見た平木が、驚いて電話してきたのだ。

この小説はどこから見ても平木自身が書いたものとしか思われず、その出来映《ば》えも彼の作品の中で上等の部類に入る。だが、慌《あわ》てて平木のもとを訪ねた長谷川に対して、平木はあくまでも自分が書いたものではないので、雑誌への掲載は断固認めないと主張して一歩も譲《ゆず》らない。

ところが、その翌日、平木の死体が晴海《はるみ》埠頭で発見された。車の中で青酸入りのウイスキーを飲んだのだ。他殺か自殺かの判断はつけ難い。同じ日に、鬼怒川で平木と関係のあった若い女の腐乱死体が見つかる。なんとこの二つの事件は、平木が書いたとされる「鬼怒川心中事件」の内容に酷似していた。平木の小説では、画家である主人公の「私」が若いモデルの女を殺したあと、車で海に突っ込んで自殺するということになっている。

栃木《とちぎ》県警は、状況証拠が十分に揃っているため、平木が女を殺した犯人だと断定した。とすると、平木の死も自殺ということになってしまう。

だが、十津川警部は、小説と現実との間のわずかな相違に着目して、平木自殺説に反対する。それとすると、「鬼怒川心中事件」を実際に書いたのは平木本人ではないということにもなる。それを書いた人物が真犯人なのか。ではいったい誰が……。

本作は、短編というよりも中編に近く、小説の中に別の小説を取り込んだ作中作の形をとっており、西村作品の中でも出色のものと言えるだろう。作家としての本音《ほんね》がちらりと覗くあたりも興味深い。

という具合に、本書は十津川警部シリーズの中でも粒よりの異色作を収めたユニークな作品集と言える。著者は、八十三歳の今も、年に十冊以上を書き続け、著作は五三〇点を超える。その底知れぬ魅力の一端を、本書で存分に味わっていただきたい。

西村京太郎ファンクラブのお知らせ

会員特典（年会費2200円）

◆オリジナル会員証の発行
◆西村京太郎記念館の入場料半額
◆年2回の会報誌の発行（4月・10月発行、情報満載です）
◆抽選・各種イベントへの参加（先生との楽しい企画考案中です）
◆新刊・記念館展示物変更等のハガキでのお知らせ（不定期）
◆他、追加予定!!

入会のご案内

■郵便局に備え付けの郵便振替払込金受領証にて、記入方法を参考にして年会費2200円を振込んで下さい　■受領証は保管して下さい　■会員の登録には振込みから約1ヶ月ほどかかります　■特典等の発送は会員登録完了後になります

［記入方法］ **1枚目**は下記のとおりに口座番号、金額、加入者名を記入し、そして、払込人住所氏名欄に、ご自分の住所・氏名・電話番号を記入して下さい

郵便振替払込金受領証　窓口払込専用

口座番号	金額
00230-8-17343	2200

加入者名	料金（消費税込み）	特殊取扱
西村京太郎事務局		

2枚目は払込取扱票の通信欄に下記のように記入して下さい

通信欄
(1) 氏名（フリガナ）
(2) 郵便番号（7ケタ）※必ず7桁でご記入下さい
(3) 住所（フリガナ）※必ず都道府県名からご記入下さい
(4) 生年月日（19××年××月××日）
(5) 年齢　(6) 性別　(7) 電話番号

※なお、申し込みは、郵便振替払込金受領証のみとします。
メール・電話での受付は一切致しません。

■お問い合わせ（西村京太郎記念館事務局）
TEL 0465-63-1599

十津川警部 悪女

ノン・ノベル百字書評

キリトリ線

十津川警部 悪女

なぜ本書をお買いになりましたか（新聞、雑誌名を記入するか、あるいは○をつけてください）

□（　　　　　　　　　　　　）の広告を見て
□（　　　　　　　　　　　　）の書評を見て
□ 知人のすすめで
□ タイトルに惹かれて
□ カバーがよかったから
□ 内容が面白そうだから
□ 好きな作家だから
□ 好きな分野の本だから

いつもどんな本を好んで読まれますか（あてはまるものに○をつけてください）

●**小説**　推理　伝奇　アクション　官能　冒険　ユーモア　時代・歴史　恋愛　ホラー　その他（具体的に　　　　　　　　）

●**小説以外**　エッセイ　手記　実用書　評伝　ビジネス書　歴史読物　ルポ　その他（具体的に　　　　　　　　）

その他この本についてご意見がありましたらお書きください

最近、印象に残った本をお書きください		ノン・ノベルで読みたい作家をお書きください	

1カ月に何冊本を読みますか	冊	1カ月に本代をいくら使いますか	円	よく読む雑誌は何ですか	

住所					
氏名		職業		年齢	

あなたにお願い

この本をお読みになって、どんな感想をお持ちでしょうか。

この「百字書評」とアンケートを私までいただけたらありがたく存じます。個人名を識別できない形で処理したうえで、今後の企画の参考にさせていただくほか、作者に提供することがあります。

あなたの「百字書評」は新聞・雑誌などを通じて紹介させていただくことがあります。その場合はお礼として、特製図書カードを差しあげます。

前ページの原稿用紙（コピーしたものでも構いません）に書評をお書きのうえ、このページを切り取り、左記へお送りください。祥伝社ホームページからも書き込めます。

〒一〇一―八七〇一
東京都千代田区神田神保町三―三
祥伝社
NON NOVEL編集長　保坂智宏
☎〇三（三二六五）二〇八〇
http://www.shodensha.co.jp/bookreview/

NON NOVEL

「ノン・ノベル」創刊にあたって

「ノン・ブック」が生まれてから二年一カ月、ここに姉妹シリーズ「ノン・ノベル」を世に問います。

「ノン・ブック」は既成の価値に〝否定《ノン》〟を発し、人間の明日をささえる新しい喜びを模索するノンフィクションのシリーズです。

「ノン・ノベル」もまた、小説《フィクション》を通して、新しい価値を探っていきたい。小説の〝おもしろさ〟とは、世の動きにつれてつねに変化し、新しく発見されてゆくものだと思います。

わが「ノン・ノベル」は、この新しい〝おもしろさ〟発見の営みに全力を傾けます。

ぜひ、あなたのご感想、ご批判をお寄せください。

昭和四十八年一月十五日

NON・NOVEL編集部

NON・NOVEL —1015

推理小説　十《と》津《つ》川《がわ》警《けい》部《ぶ》　悪女《あくじょ》

平成26年5月20日　初版第1刷発行

著　者　西《にし》村《むら》京《きょう》太《た》郎《ろう》
発行者　竹内和芳
発行所　祥《しょう》伝《でん》社《しゃ》
〒101-8701
東京都千代田区神田神保町 3-3
☎ 03(3265)2081(販売部)
☎ 03(3265)2080(編集部)
☎ 03(3265)3622(業務部)

印　刷　萩原印刷
製　本　関川製本

ISBN978-4-396-21015-1　C0293

Printed in Japan

祥伝社のホームページ・http://www.shodensha.co.jp/

長編推理小説 近鉄特急 伊勢志摩ライナーの罠 西村京太郎

トラベル・ミステリー 十津川班捜査行 わが愛 知床《しれとこ》に消えた女 西村京太郎

長編推理小説 十津川警部捜査行 外国人墓地を見て死ね 西村京太郎

トラベル・ミステリー 十津川警部捜査行 宮古《みやこ》行「快速リアス」殺人事件 西村京太郎

長編推理小説 生死を分ける転車台 天竜浜名湖鉄道の殺意 西村京太郎

トラベル・ミステリー 十津川警部捜査行 カシオペアスイートの客 西村京太郎

長編推理小説 十津川警部捜査行 SL「貴婦人号」の犯罪 西村京太郎

トラベル・ミステリー 十津川直子の事件簿 西村京太郎

長編推理小説 九州新幹線マイナス1 西村京太郎

トラベル・ミステリー 十津川警部 怪しい証言 西村京太郎

長編推理小説 十津川警部 哀しみの吾妻《あがつま》線 西村京太郎

長編本格推理小説 愛の摩周湖殺人事件 山村美紗

長編冒険推理小説 誘拐山脈 太田蘭三

長編山岳推理小説 奥多摩殺人渓谷 太田蘭三

長編山岳推理小説 殺意の北八ヶ岳 太田蘭三

長編推理小説 闇の検事 太田蘭三

長編推理小説 顔のない刑事〈全十九巻〉 太田蘭三

長編推理小説 摩天崖《まてんがい》 警視庁北多摩署特別出動 太田蘭三

長編本格推理小説 終幕《フィナーレ》のない殺人 内田康夫

長編本格推理小説 志摩《しま》半島殺人事件 内田康夫

長編本格推理小説 金沢《かなざわ》殺人事件 内田康夫

長編本格推理小説 喪《うしな》われた道 内田康夫

長編本格推理小説 鯨の哭《な》く海 内田康夫

長編推理小説 棄霊島《きれいじま》 上下 内田康夫

長編推理小説 還《かえ》らざる道 内田康夫

長編本格推理 立山アルペンルート 黒部川殺人事件 梓林太郎

長編本格推理 笛吹川殺人事件 梓林太郎

長編本格推理 紀の川殺人事件 梓林太郎

長編本格推理 京都 保津川殺人事件 梓林太郎

長編本格推理 京都 鴨川殺人事件 梓林太郎

長編推理小説 日光・鬼怒川殺人事件 梓林太郎

長編旅情ミステリー 石見《いわみ》銀山街道殺人事件 木谷恭介

長編伝奇小説 新・竜の柩 高橋克彦

長編伝奇小説 霊《たま》の柩 高橋克彦

長編歴史スペクタクル 奔流 田中芳樹

長編歴史スペクタクル 天竺《てんじく》熱風録 田中芳樹

長編新伝奇小説 夜光曲 薬師寺涼子の怪奇事件簿 田中芳樹

長編新伝奇小説 水妖日にご用心 薬師寺涼子の怪奇事件簿 田中芳樹

サイコダイバー・シリーズ①〜⑫ 魔獣狩り 夢枕 獏

サイコダイバー・シリーズ⑬〜㉕ 新・魔獣狩り〈全十三巻〉 夢枕 獏

長編超伝奇小説 新装版 魔獣狩り外伝 聖母隠陀羅・美空曼陀羅 夢枕 獏

長編超伝奇小説 新装版 新・魔獣狩り序曲 魍魎の女王 夢枕 獏

長編新格闘小説 牙鳴り 夢枕 獏

長編超伝奇小説 魔海船〈全三巻〉 菊地秀行

マン・サーチャー・シリーズ①〜⑫ 魔界都市ブルース〈十二巻刊行中〉 菊地秀行

魔界都市ブルース 紅《くれない》秘宝団〈全二巻〉 菊地秀行

魔界都市ブルース 青春鬼 菊地秀行

魔界都市ブルース 闇の恋歌《こいうた》 菊地秀行

魔界都市ブルース 妖婚宮《ようこんきゅう》 菊地秀行

魔界都市ブルース 〈魔法街〉戦譜 菊地秀行

魔界都市ブルース 狂絵師サガン 菊地秀行

魔界都市ブルース 美女祭綺譚 菊地秀行

長編超伝奇小説 ドクター・メフィスト 夜怪公子《やかいこうし》 菊地秀行

長編超伝奇小説 ドクター・メフィスト 若き魔道士 菊地秀行

長編超伝奇小説 ドクター・メフィスト 瑠璃魔殿《るりまでん》 菊地秀行

長編超伝奇小説 ドクター・メフィスト 妖獣師ミダイ 菊地秀行

魔界都市迷宮録 ラビリンス・ドール 菊地秀行

魔界都市プロムナール 夜香抄《やこうしょう》 菊地秀行

魔界都市ノワール・シリーズ 媚獄王《びごくおう》〈三巻刊行中〉 菊地秀行

魔界都市アラベスク 邪界戦線 菊地秀行

魔界都市ヴィジトゥール 幻工師ギリス 菊地秀行

超伝奇小説 退魔針《たいましん》〈三巻刊行中〉 菊地秀行

長編超伝奇小説 魔界行 完全版 菊地秀行

新バイオニック・ソルジャー・シリーズ 新・魔界行〈全三巻〉 菊地秀行